KB115279

眞家

진가도

백준 新무협 판타지 소설

FANTASTIC ORIENTAL HEROES

진가도 2부 3

백준 新무협 판타지 소설

초판 1쇄 찍은 날 § 2015년 12월 15일
초판 1쇄 펴낸 날 § 2015년 12월 22일

지은이 § 백준
펴낸이 § 서경석

편집책임 § 이창진

펴낸곳 § 도서출판 청어람
등록번호 § 제1081-1-89호
등록일자 § 1999. 5. 31
어람번호 § 제2-2620호

주소 § 경기도 부천시 원미구 심곡1동 350-1 남성B/D 3F (우) 14640
전화 § 032-656-4452 팩스 § 032-656-4453
http://www.chungeoram.com
E-mail § eoram99@chollian.net

ⓒ 백준, 2007

ISBN 979-11-04-90561-2 04810
ISBN 979-11-04-90512-4 (세트)

眞家
진가도

3

2부

백준 新무협 판타지 소설
FANTASTIC ORIENTAL HEROES

도서출판 청람

목차

第一章
소리 없는 비

청공은 입을 열었다.

"내가 잊지 못할 일은 연심을 만난 일이고 두 번째도 연심을 만난 일이지.

그리고 스승님이 돌아가신 일이네.

그런데 오늘도 잊지 못할 것 같군."

운중세가의 비선검법(飛鮮劍法)은 유려한 곡선을 그리는 검법으로 마치 여자가 검을 들고 춤을 추고 있는 듯한 모습을 보였다. 강호의 사람들은 운중세가의 검법이 보기에는 저리 보여도 상당히 날카롭게 허를 찌른다 하여 침검(針劍)이라 부르기도 했다.

하지만 운강의 비선검법의 검로는 곡선보다 직선이 많았고, 짧고 간결하게 상대방의 사혈을 찔렀다.

퍼퍽!

한 걸음 내디디며 우측에서 다가오던 검수의 목에 검을 찌른 운강은 아무렇지도 않게 검을 뽑으며 다시 앞으로 걸었다.

그리고 그를 향해 달려들던 세 명의 무사가 휘두른 검을 좌우로 몸을 틀어 피한 뒤 검을 들어 그들의 목을 그었다.

스슥! 서격!

검날이 목을 베는 날카로운 소성이 미약하게 울렸고, 운강은 여지없이 앞으로 걸었다. 그는 눈앞에서 달려드는 무사들을 마치 허수아비를 대하듯 가볍게 움직이며 거침없이 목을 베고 있었다. 그의 신형은 간결하게 움직였고 미동도 거의 없었다.

필요한 만큼만 움직이며 최대한 체력을 아끼는 그의 행동은 이런 실전을 수없이 경험한 사람처럼 여유가 있어 보였다.

"와아아아!"

"죽여라!"

"크아악!"

"아악!"

함성과 비명이 난무하는 소리가 운강의 귀에 들린 것은 강한 바람이 불어와 헝클어진 머리카락이 눈을 가릴 때였다.

"천문성의 개 같은 잡종 놈들이 어디서 짖는 것이냐!"

"거지 같은 운가 놈들이 목소리만 키웠구나!"

멀리서 커다란 외침과 병장기 부딪치는 소리가 요란하게 울렸다. 유난히 튀는 소리였고 귀에 익은 목소리였다.

"죽지 마라."

이칠석의 외침에 운강은 나지막이 중얼거리며 자신을 향

해 달려드는 또 한 명의 무사를 향해 가볍게 몸을 틀어 날아드는 검을 피한 뒤 여지없이 목을 베었다. 핏방울을 휘날리며 무사가 쓰러지자 그를 향해 다가오는 또 한 명의 인물이 있었다.

"운강!"

쉬악!

강렬한 도풍과 함께 피풍의를 휘날리며 나타난 중년인은 운강을 잡아먹을 듯 머리를 잘라왔다.

"마종기."

운강은 마종기의 도를 쳐 내며 재빨리 삼검을 찔렀다. 그가 발한 간결한 검빛이 송곳처럼 마종기의 천지인(天地人) 삼 혈을 향해 날아들었다.

그의 검법은 매우 빨랐고 보통의 고수라도 막기 어려운 한 수였다. 하지만 마종기는 몇 번이고 운강과 생사를 걸고 싸운 인물이며 그의 검법을 잘 아는 자였다.

따다당!

도광이 번뜩이며 운강의 검을 모두 막은 마종기는 귀찮은 듯 피풍의를 벗어 던졌다. 죽음도 불사하겠다는 강한 의지가 담긴 행동이다.

"오늘은 기필코 네놈의 목을 베어야겠다."

"언제는 아니었나?"

운강은 살기를 보이며 마종기의 말을 받아쳤다. 도발적인 그의 목소리에 마종기가 가볍게 웃었다.

마종기는 일지부의 부주였고, 몇 번이나 운중세가와 싸움을 해야 했다. 그 가운데 운강과 벌써 다섯 번째 마주친 그다. 처음 운강과 만났을 때 그를 죽이지 못한 것은 그가 운중세가주의 서자였기 때문이다. 그의 목숨을 취하면 운중세가와 전면전을 펼쳐야 했고, 그 일은 그의 직위에서 감당할 수 있는 일이 아니었다.

두 번째부터는 운강의 무공이 급성장하여 쉽게 죽이지 못했다. 그 이후 죽일 기회가 있었지만 놓쳐야 했고, 한 번은 자신이 도망쳐야 했다.

"오늘은 쉽지 않을 것이네."

쉭쉭!

바람 소리와 함께 마종기의 뒤에서 세 개의 검은 그림자가 마치 제비처럼 튀어나와 운강을 향해 날아들었다.

좌우로 호선을 그리는 두 그림자의 손에서 날카로운 쇳소리와 함께 검은빛의 비조(飛爪)가 날아들었다. 갈고리 같은 다섯 손가락이 운강의 양팔을 감아 속박하려 했고, 중앙에서 날아든 비조가 그의 목을 노렸다.

운강은 중앙에서 날아든 비조를 보자 번개처럼 앞으로 튀어나가며 검을 쳐올렸다. 날카로운 검기는 여지없이 비조를 날린 무사의 팔을 자르고 이어 얼굴의 반을 갈랐다. 그리고 그는 즉시 뒤로 돌아 좌측으로 향했다.

쉬아악!

운강의 검이 강한 검풍과 함께 허공에서 큰 원을 그리더니 비조를 날린 무사의 팔을 자른 채 다시 반원을 그렸다.

퍽!

목을 베고 지나친 검기는 운강이 검을 회전시킴으로써 우측의 인물을 향해 폭풍처럼 날아들었다.

"헉!"

운강의 움직임에 놀란 마종기와 비조를 든 무사가 잠시 주춤거리자 여지없이 운강의 검이 무사의 허리를 베더니 마종기를 향해 폭풍처럼 날아들었다. 그의 검기는 두 개의 반원을 그리며 마종기를 압박했다.

"빌어먹을 새끼!"

마종기는 운강을 잡기 위해 본성에서 나온 흑무당의 무사 셋이 순식간에 두부처럼 잘리자 놀라면서도 기다렸다는 듯이 앞으로 나섰다.

핑!

마종기의 도가 공간을 가르며 운강의 검기를 스쳤다. 운강은 자신의 검기를 뚫고 들어온 마종기의 도기에 놀라 잠시 걸음을 멈춘 뒤 검을 들어 막았다.

팍!

도기가 검날에 부딪치자 공기가 흩어지는 소리가 울렸고, 운강의 신형이 잠시 흔들렸다. 도기에 실린 강한 내력 때문이다.

"쉽게 갈 것이지 이렇게 귀찮게 구는구나!"

"어디를 간단 말이오? 지옥? 하하하!"

마종기의 도날이 햇살에 반짝이며 운강의 전신을 베어왔다. 다섯 개의 도 그림자는 머리부터 단전까지 노렸고, 운강은 기다렸다는 듯이 도날을 막았다.

따다당!

금속음과 함께 힘으로 운강을 밀어붙이는 마종기의 도가 운강의 검을 크게 튕겨냈다. 운강은 뒤로 반보 물러서는 것 같더니 오히려 더욱 강한 기세로 앞으로 나가며 마종기의 왼 어깨를 도끼로 장작 패듯 찍어 내렸다.

쉬악!

횡소천군과 비슷한 일초였지만 다른 기세와 변화를 가진 초식이다. 마종기는 날아드는 검날을 바라보며 좌측으로 피함과 동시에 운강의 허리를 베었다. 쉬쉭 하는 바람 소리와 함께 도날이 날카로운 은빛과 함께 운강의 배에 닿으려는 순간, 운강은 허공으로 반 장 뛰어오르더니 허리를 새우처럼 꺾으며 마종기의 머리를 찍었다.

쉭!

바람 소리와 함께 검날이 떨어지자 놀란 마종기는 재빨리 몸을 뒤집으며 뒤로 빠졌다.

땅!

"큭!"

허공에서 온 힘을 다해 찌른 일검을 막은 마종기의 신형은 흔들릴 수밖에 없었다. 그 기회를 놓치지 않고 운강의 신형이 땅으로 떨어지며 마종기의 단전과 사타구니를 베어갔다.

"이런!"

마종기는 놀라 도를 들어 막으려 했지만 어정쩡한 자세에서 도를 들어 막는 게 쉽지 않았다. 그 찰나의 순간, 적색 그림자가 반짝이더니 운강의 검을 막았다.

따당!

두 번의 금속음과 함께 운강의 신형이 뒤로 일 장이나 밀려나갔다. 운강은 깜짝 놀란 표정으로 자신의 앞에 서 있는 인물을 쳐다보았다. 적색 무복에 방립을 눌러썼으며 붉은 면사로 얼굴을 가렸으나 가슴이 나온 것으로 보아 분명 여자였다.

운강의 미간이 절로 찌푸려졌다. 면사 밖으로 나온 눈은 분명 어려 보였다. 하지만 그녀의 내력은 마종기에 비해 훨씬 높았으며 자신과 비교해도 절대 밀리지 않아 보였다. 그녀의 손에는 보기 드문 직도가 들려 있다. 곧게 뻗은 직도의 너비는 손가락 두 마디였고, 붉은 피로 얼룩져 있다. 그 피의 주인은 분명 자신의 수하들일 것이다.

"부주가 죽으면 안 되죠. 여긴 제게 맡기고 부상자들을 살피세요."

그녀의 목소리는 낮고 맑았다.

슥!

직도를 늘어뜨린 채 운강을 쳐다보는 그녀의 눈빛은 살기에 젖어 있었다. 그 차가운 한기에 운강은 제대로 된 본성의 고수가 나온 것임을 직감했다.

"내성 쪽의 인물인 것 같은데… 내 목이 필요하긴 필요한 모양이군."

운강은 천문성과 친인척 관계에 있는, 천문성을 지탱하는 삼대세가를 지칭하며 말했다. 면사녀는 대답 없이 그저 앞으로 한 걸음 나서며 십여 도를 휘둘렀다. 도를 쥔 손목만으로 강렬한 도풍과 도기를 날린 것이다. 그녀의 눈은 웃고 있었다. 운강은 밀려오는 도풍과 도기를 향해 과감히 앞으로 한 발 크게 나서며 일검을 날렸다.

핑!

강렬한 바람 소리와 함께 운강의 검기는 도풍을 반으로 자르더니 면사녀의 얼굴을 향해 날아들었다. 면사녀는 그가 이렇게 쉽게 자신의 도풍을 없앤 것에 놀란 듯 눈을 크게 뜨더니 곧 도를 들어 막았다.

땅!

금속음이 울렸고, 검기의 파편이 방립을 깊게 베고 지나쳤다. 쩌쩍 하는 소리와 함께 방립이 갈라지자 면사녀의 표정이 변하더니 어느새 운강의 코앞까지 다가가 아래에서 위로 도를 휘둘렀다. 운강의 전신을 반으로 갈라 버리는 초식이다.

횡!

공기를 가르는 거대한 소리에 운강은 잠시 면사녀의 신형을 놓쳤다. 그는 스산한 느낌이 전신을 감도는 순간 어느새 밑에서 치고 올라오는 면사녀를 보고는 번개처럼 몸을 뒤집으며 뒤로 피했다.

두 번이나 몸을 뒤집으며 벗어난 운강은 왼 볼에서 느껴지는 따끔함에 인상을 찌푸렸다. 볼을 타고 흐르는 핏방울이 살을 간질이고 있다.

"흠……."

침음과 함께 인상을 찌푸린 그는 면사녀가 자세를 잡고 다시 앞으로 나오려 할 때 벼락처럼 그녀의 품으로 파고들었다.

"헉!"

면사녀는 운강의 신형이 환영과 함께 눈앞에 나타나자 번개처럼 몸을 뒤집으며 뒤로 피했다.

파팟!

십여 개의 검 그림자가 그녀의 공간을 갈랐고, 면사녀의 육체는 어느새 오 장이나 물러났다. 그녀는 도를 가슴까지 들어 올리며 다가오는 운강의 검을 막았다. 그녀는 좀 전까지 선수를 잡았으나 방금 전의 한 수로 다시 운강에게 그 수를 빼앗기는 형세였다. 수세에 몰린 것이다.

따다다당!

요란한 금속음과 함께 적색 그림자 사이로 붉게 물든 청의를 입은 운강의 신형이 움직였다.

핑!

도날이 운강의 목을 베어갔고, 운강은 재빨리 고개를 틀어 피했다. 그 찰나 도날의 각이 꺾이더니 운강의 목을 다시 베어왔다. 운강은 검을 뻗어 그녀의 명치를 찔렀고, 두 사람의 그림자가 겹치듯 좌우로 밀려 나갔다.

따당!

금속음이 울렸고, 두 사람의 검과 도의 잔상이 부딪치고 있다.

"칫!"

면사녀의 입에서 아쉬운 목소리가 흘러나왔다. 그녀는 분명 운강의 목을 벨 것이라 확신했는데 그가 기묘하게 발을 움직여 피한 것이다. 그전에 자신의 명치를 찌른 운강의 한 수는 동귀어진의 한 수였다. 너도 죽고 나도 죽자는 한 수에 그녀는 물러설 수밖에 없었다.

그녀가 물러서면서도 그의 목을 놓치지 않으려 했지만 운강이 반사적으로 도를 뻗어 막아낸 것이다.

스륵!

운강의 머리카락 끝이 바람에 잘려 나갔고, 그의 머리카락이 길게 휘날리기 시작했다. 운강은 검을 앞으로 들어 올리며 처음으로 몸을 비스듬히 옆으로 섰다.

그의 기도가 아까와 달리 사납게 바뀌자 면사녀 역시 도를 가슴 앞으로 들어 올리며 내력을 끌어모으기 시작했다. 그때 면사녀의 머리 위로 파란색 불꽃이 솟구쳐 올랐다.

삐이이익!

휘파람 소리와 함께 마종기의 큰 목소리가 울렸다.

"남궁세가다! 후퇴한다!"

남궁세가라는 말에 면사녀와 운강이 동시에 고개를 돌렸다. 저 멀리 밀려오는 푸른 파도가 그들의 눈에 들어왔다.

"장산, 물러서!"

*　　　*　　　*

면사녀의 뒤로 검은 인영이 나타났고, 운강은 장산이란 이름에 다시 고개를 돌려 면사녀를 쳐다보았다. 그녀의 뒤에는 검은 무복에 검은 피풍의를 두른 여자가 서 있었는데 검은 방립에 검은 면사로 얼굴을 가리고 있다.

"장산?"

운강은 붉은 면사녀의 이름을 되뇌었다. 장산이 운강의 말을 들었는지 고개를 슬쩍 끄덕였다. 그때 그녀의 앞으로 커다란 사각 방패를 든 천문성의 무인들이 나타났다. 그들은 땅에 사각의 방패를 박으며 늘어섰다.

우르르르! 쿵! 쿵!

방패를 땅에 박은 그들의 뒤로 두 명의 면사녀가 사라지는 게 운강의 시야에 잡혔고, 부상자들과 함께 물러서는 천문성의 무사들도 보였다.

익숙한 모습에 운강은 손을 들었다.

"물러선다!"

운강의 외침이 터지는 순간 운중세가의 무사들이 방패를 든 무사들에게서 떨어져 나와 물러섰다. 곧 천문성의 무사들이 일사불란하게 움직이며 뒤로 물러섰다.

운강의 눈은 여전히 멀어지는 장산의 붉은 그림자를 좇고 있었다.

우르르르!

수많은 발소리와 함께 나타난 남궁세가의 무사들은 시신이 널브러진 들판 앞에 멈춰 서 있었다. 그들은 피비린내가 진동하는 광경에 잠시 넋을 잃은 듯 보였다. 족히 보아도 수백 구의 시신이 보였기 때문이다.

"크으윽!"

"살살… 아악!"

여기저기에서 부상자들의 고통에 찬 목소리가 터져 나오고 있다.

"큭!"

"살려주게나. 으악!"

천문성의 무사 중 살아 있는 부상자도 몇 있었다. 그들은 천문성에서 미처 데리고 가지 못하고 놓친 자들로 운이 없는 자들이었다. 운중세가의 무사들은 그들을 향해 여지없이 살수를 썼다.

사람들의 비명 소리와 고통 소리를 들으며 운강은 여전히 멀어지는 천문성의 무사들을 바라보고 있었다.

피에 젖은 긴 머리카락은 바람에 휘날리고 있으며 붉게 물든 검을 손에 쥔 그는 말이 없었다. 그의 모습을 지켜보던 남궁혜는 잠시 가만히 서 있었다.

그녀는 운강이 먼저 신형을 돌릴 때까지 기다릴 생각이다. 그게 그에게 표해야 하는 예의라는 생각이 들었기 때문이다. 그의 모습은 강호에서 살고 있는 진정한 무사 같았다.

그의 사납게 일그러진 기도와 단정치 못한 모습은 짐승과도 같았지만 그를 사내로 보이게 만들었다. 복잡한 생각으로 운강을 쳐다보던 그녀가 몇 걸음 앞으로 나섰다. 그때서야 운강이 신형을 돌려 남궁혜를 쳐다보았다.

그의 헝클어진 머리카락 사이로 사납게 번뜩이는 안광은 잠시 빛을 발하더니 곧 무심하게 가라앉았다. 남궁혜는 이런 기도를 내뿜는 사내를 한 명 더 알고 있다. 그의 모습이 운강과 순간적으로 겹쳐 보였다.

"오랜만이에요."

"오랜만이오."

운강은 절도 있게 포권하며 인사했다.

"최대한 빨리 오려 했는데 한발 늦었군요."

남궁혜의 말에 운강은 잠시 짧은 숨을 내쉬며 손을 저었다.

"아니오. 이렇게 와주셔서 감사할 따름이오."

운강은 남궁세가가 오지 않았다면 전멸했을 것이라 생각했다. 그들이 왔기 때문에 천문성이 물러섰다. 그렇지 않았다면 아직도 그들과 싸우고 있었을 것이며 자신 역시 위험했을 것이다. 마지막에 나타난 검은 면사녀 때문이다. 그녀의 기도는 운강에게 본능적으로 위험을 알리고 있었다.

"그런데 본 가로 간다고 들었는데 어떻게 여기로 오게 된 것이오?"

"제가 오고 싶어서 일부만 데리고 왔어요."

그녀의 대답에 운강은 가볍게 실소를 흘리며 말했다.

"좋지 못한 곳에 온 것을 환영하오."

"잘 부탁해요."

남궁혜는 애써 태연한 표정으로 미소를 보였지만 표정은 무겁게 가라앉아 있었다. 그건 운강 역시 마찬가지였다.

"분타로 갑시다."

운강이 먼저 신형을 돌렸고, 그의 뒤로 남궁혜가 따랐다.

지부의 가장 안쪽에 자리한 별실로 들어선 검은 면사녀는 방립을 벗은 뒤 의자에 앉았다. 그녀의 앞에 장산이 앉고 정서가 곁으로 다가와 차를 따랐다.

"옷 좀 갈아입어."

"예."

피에 젖은 무복을 입은 채 차를 따르는 정서에게 장산이 나무라듯 말했다. 그녀의 목소리에 정서는 후다닥 방으로 들어가 옷을 갈아입으려다 크게 외쳤다.

"저 목욕 좀 하고 올게요! 냄새가 사라지질 않네요!"

"그렇게 해."

정서는 홍수려의 말에 재빨리 욕실로 향했다. 그녀에 비해 장산과 홍수려의 옷에는 피 한 방울 묻어 있지 않았으며 땀조차 흘린 기색이 없어 보였다.

면사를 걷은 홍수려는 차를 마시며 잠시 숨을 돌렸다. 아까의 홍분이 아직 가시지 않은 듯 보였지만 애써 침착함을 유지하는 것 같았다.

"확실히 운중세가는 쉽지가 않아."

장산이 짧은 숨을 내쉬며 먼저 입을 열었다.

"열다섯 개 분타의 분타원들까지 모았는데도 운중세가의 칠분타 하나를 어쩌지 못하다니……."

"신 각주나 총군께서 원하는 것은 칠분타가 아니라 운강의 목이라고 했으니 그자만 죽인다면 여강 분타를 공격하는 일은 성공이에요."

"그게 쉽지 않으니까 그러지. 오죽 답답했으면 내가 나섰을까. 마 부주의 무공도 대단하다 들었는데 운강에 비하면 한 수 떨어지는 게 사실이야. 거기다 그자의 수하들도 모두 일류급 고수들이고. 그러니 매번 당했겠지."

장산은 투덜거리며 차를 마셨다. 운강과 싸웠을 때 결말을 짓지 못한 것이 못내 아쉬운 것 같았다.

"알아서 하겠지요. 저희는 최대한 나서지 말라 했으니 그냥 있어야 해요."

홍수려의 말에 장산은 불만스러운 표정을 보였다. 총군이나 신 각주는 홍수려가 나서는 것을 싫어했다. 그들은 홍수려에게 경험만 쌓게 해줄 의도였다. 이런 큰 싸움을 곁에서 지켜보는 일은 상당히 큰 공부가 되기 때문이다.

홍수려 역시 나서지는 않았다. 그저 멀리서 지켜보기만 했을 뿐. 단지 깊숙이 들어와 검을 들이댄 운중세가의 무사들만 처리했다.

사람을 죽이는 일이 익숙지 않은 그녀에게 이번 싸움은 상당히 큰 공부가 되었다.

"내가 죽이지 못하면 결국 내 수하들이 죽는다."

홍수려는 가만히 중얼거리며 아미를 찌푸렸다. 문대영의 목소리가 떠올랐기 때문이다.

"적에게 온정을 베풀지 마라. 풋!"

장산이 문대영의 목소리를 흉내 내며 웃었고, 홍수려도 빙그레 미소를 던졌다. 아까의 싸움이 기억에서 사라지는 것 같았다. 하지만 밤이 되면 분명히 죽어가는 사람들의 모습이 떠오를 것이다.

"쉽게 잠을 못 잘 것 같아요."

"익숙해질 거야."

장산의 말에 홍수려는 고개를 끄덕였다. 그때 발소리가 들리며 별원으로 마종기가 모습을 보였다.

"실례하오."

"어서 오세요."

홍수려와 장산이 자리에서 일어났다. 장산은 휴식을 취하는 이 시간에 마종기가 찾아왔다는 것이 불만인 듯 인상을 찌푸리고 있다. 그녀의 기도가 날카롭자 마종기가 헛기침을 하며 들어와 앉았다.

"내일 아침까지 휴식 아니었나요?"

장산의 물음에 마종기가 얼른 대답했다.

"두 분이야 아침까지 푹 쉬겠지만 저희는 기습에 대비해야 하기 때문에 제대로 쉬지 못한다오."

"운중세가의 기습 말인가요?"

"그렇소. 남궁세가가 가세했으니 기습을 해올지도 모르오."

마종기의 말에 장산과 홍수려는 대답 없이 고개를 끄덕였다. 차를 따라 주던 장산이 다시 물었다.

"무슨 일로 오신 건가요?"

"여기……."

마종기는 소매에서 전서 하나를 꺼내 내밀었다. 장산이 받아 펼쳐 보더니 아미를 살짝 찌푸린 채 홍수려에게 건넸다.

—해주(海州)로 가라.

짧은 글귀로 문대영의 문체였다.

"해주라……. 해주에는 누가 있지요?"

"문주영."

장산의 짧은 대답에 홍수려가 눈살을 찌푸렸다. 그녀는 문주영과는 어색한 사이이기 때문이다.

"내일 출발하도록 하지요."

"그럼 저는 이만."

마종기는 할 일을 모두 마쳤기 때문에 재빨리 자리에서 일어나 자신의 집무실로 향했다. 그에게 홍수려나 장산은 상대하기 어려운 사람들이었다. 젊은 여자라는 점 때문에 더욱 어색했다. 사실 어떻게 대해야 할지 그로서는 도저히 감이 안 오는 부류가 바로 그녀들이었다. 높은 신분의 젊은 여자를 어떻게 대해야 하는 걸까? 다른 윗사람들이면 그냥 좋은 기루에 가서 대접하고 아부 좀 하면 그만인데 그게 통할 사람들이 아니었다.

마종기는 그녀들이 사라진다고 하니 사실 기분이 좋았다. 그에게 그녀들은 혹 같은 존재였다. 그 혹이 사라진다고 하니

신이 날 수밖에 없었다.

"무슨 일이에요?"

목욕을 마친 정서는 깨끗한 백의를 입고 나타났다. 그녀는 장산과 홍수려의 굳은 표정을 보고 궁금한 듯 물었다.

"해주로 간다. 내일 아침에 출발할 터이니 준비해 놔."

"해주요? 여기는요?"

정서의 물음에 장산이 눈을 치켜뜨며 다시 말했다.

"총군의 명이다."

"예."

정서는 아쉬운 듯 대답한 후 수하들을 모집하기 위해 나갔다.

"독선문과 싸우라는 걸까요?"

"그럴지도 모르지."

홍수려는 가만히 창밖으로 눈을 돌렸다. 독선문은 그녀에게 꺼림칙한 문파였고 좋은 기억이 없는 이름이었다.

*   *   *

콰쾅!

후두둑!

오전부터 검게 변한 하늘이 심상치 않은 것 같더니 천둥소리와 함께 거칠게 비가 내리기 시작했다.

쏴아아!

강한 빗줄기가 하늘에서 떨어지자 창밖으로 시선을 던지던 예소는 창문을 닫았다. 그녀는 신형을 돌려 의자에 앉은 채 책을 읽고 있는 임정에게 말했다.

"큰언니."

"시끄러."

책에 집중하고 있었기 때문에 임정은 예소의 말에 고개조차 들지 않았다. 예소가 인상을 찌푸리며 말했다.

"황비의 난(亂)은 금서잖아요? 황제의 측실들이 환관하고 그 짓을 하다 걸리고 금의위와 놀아나다 죽는 내용 아니에요? 그거 실제 있는 일이었다는 소문이 자자해서 금서가 된 건데……."

"이건 황비의 난이 아니라, 봐봐, 황비의 음란이다, 음란(淫亂)."

임정은 눈을 부릅뜨며 책 표지를 보였다. 그러자 확실히 황비의 난이란 큰 글귀 사이에 음자가 작게 쓰여 있다. 황비의 난이 금서로 워낙에 유명하니 그의 아류작들이 즐비하게 쏟아져 나온 것이다. 그와 비슷한 제목의 책이 서재 한쪽에 가득히 꽂혀 있는 것도 예소의 눈에 들어왔다.

"아, 그랬군요."

예소가 조금 놀란 표정을 보이자 임정이 눈을 가늘게 뜨고 물었다.

"그런데 네가 어떻게 황비의 난을 알지? 그 책은 우리 같은 여자만 아는 건데 말이야. 거기다 내용도 다 알고."

으흠 하며 가늘게 뜬 눈이 예소의 얼굴을 뚫어지게 쳐다보았다. 예소는 어색한 듯 고개를 돌리며 다시 창문을 열었다.

쏴아아아!

빗소리가 강하게 다시 들려왔다.

"그, 그냥 지나가다 들은 거예요."

"호오웅, 들어? 그런 것치고는 너무 잘 아는데? 얌전한 고양이가 남자 품에 먼저 뛰어든다더니 너를 두고 한 말은 아니겠지?"

"저 처녀거든요!"

예소가 붉어진 얼굴로 빽 소리쳤다.

＊　　　＊　　　＊

쏴아아!

떨어지는 빗소리에 섞여 있는 발소리가 축축이 젖어 있다. 창문을 통해 고개를 내민 예소는 빗방울이 얼굴에 튀자 다가오는 사람만 확인하고는 창문을 내렸다.

"마 언니예요."

여우 가면에 우의를 입은 마애가 붉은 옷자락을 휘날리며 다가오고 있었다. 그녀는 처마 밑에서 우의를 벗어놓고 안으로 들어와 옷을 털었다.

"어제부터 비가 계속 내리네. 우기인가?"

마애는 중얼거리며 서재로 들어왔다.

"한동안은 계속 비가 내릴 것 같아요."

예소의 대답에 마애는 고개를 끄덕이며 의자에 앉은 뒤 소매에서 전서를 꺼냈다. 임정이 책에서 시선을 돌렸다.

"뭐야?"

임정의 물음에 마애가 빠르게 대답했다.

"본 문으로 날아온 전서예요. 보낸 곳은 하오문인데… 내용은 하오문과 상관이 없네요."

슥!

임정이 손을 뻗어 전서를 받아 쥐고 읽었다.

─갑니다. 진파랑.

짧은 전서였지만 임정의 표정이 상기되었다.

"진파랑이 오는 중이라네."

임정의 말에 예소가 전서를 받아 쥐고 재빨리 읽더니 살짝 얼굴을 붉혔다.

"죽었으면 어쩌나 했는데… 다행이에요."

"지금 그게 문제냐?"

임정의 말에 예소가 놀란 듯 눈을 크게 떴다. 죽을지도 모르는 사람이 살아서 돌아오는데 기뻐해야 하는 게 아닐까? 하지만 임정의 표정은 굳어 있었다.

"진 소협이 돌아오면 함께 기뻐해 줘야지요. 건강도 찾았고 천외성에서 큰 명성까지 얻었는데 친구라면 좋아해야죠."

"지금 좋은 게 문제냐? 넌 스승님이 그놈하고 한 약속을 다 잊었어? 그놈이 오면 우리 중 한 명이 시집을 가야 해."

"아!"

"그렇지."

예소가 놀란 표정을 보였고, 마애는 팔짱을 끼며 고개를 끄덕였다.

"답답하지 않냐? 지금 비도 오고 습도도 높아. 거기다 덥기까지 한데 가면을 써야겠어?"

"제 의지예요."

마애는 가면을 만지며 혹시라도 임정이 강제로 벗길까 방어적으로 슬쩍 의자에 기대앉았다. 그녀의 손이 닿으면 바로 벗겨지기 때문에 거리를 유지한 것이다. 실제 전에도 한 번 강제로 벗겨진 적이 있기 때문에 취한 행동이다. 물론 임정의 손을 막을 자신도 없었다.

마애가 다시 말했다.

"그리고 스승님께서 남녕으로 돌아오래요."

"뭐? 여긴 천국인데……."

임정은 조자경의 부름이 탐탁지 않은 듯 아쉬운 표정을 보였다. 이곳 계림은 그녀에게 있어선 최고의 장소였다. 특히나 신간을 접대하듯 가지고 오는 하오문도 마음에 들었을뿐더러 오랜 시간 이곳에서 생활했기에 이곳이 제이의 고향과도 같았다.

"운무산에는 누가 있지?"

"이 사형과 동 장로님, 서 장로님이요."

"천문성이 운무산으로 올 가능성은 높지 않겠지?"

임정이 다시 묻자 예소가 고개를 끄덕였다.

"저희 앞마당이에요. 아무리 천문성이 대담하다 하나 쉽게 오지는 못할 거예요. 물론 천문성의 무사들이 속속 광주와 예주에 모여든다고는 하나 그건 어디까지나 광주를 완전히 장악하기 위한 무력시위라고 볼 수 있어요."

"해남에 대한?"

"네."

임정은 예소의 대답에 고개를 끄덕였고, 마애가 물었다.

"운무산에 올 수도 있잖아?"

"온다 해도 거긴 천혜의 요새예요. 만약 오게 된다면 천문성은 한 치 앞을 볼 수 없는 밀림 속에서 소리 소문 없이 죽어나갈 거예요."

"확실히……."

마애는 예소의 말에 동의하듯 미미하게 고개를 끄덕이며 차를 마셨다. 그녀의 말처럼 운무산은 산 이름처럼 운무에 가려진 깊은 밀림이다. 그 근처의 주민들도 위험 때문에 운무산은 깊숙이 들어가는 일이 없었다.

"그곳을 돌아 계림으로 올 수도 있지 않을까?"

"너무 멀고 한참을 돌아야 하기 때문에 힘들어요. 광주에서 이곳까지 족히 석 달은 걸릴 텐데 굳이 올까요? 온다면 아마 소수의 정예만이 오겠죠. 살수로서……."

"일리 있는 말이야."

임정은 예소의 말에 동의했다. 자신이 생각해도 이곳까지 돌아서 올 이유가 없기 때문이다.

"또 하나, 잘못하면 모용세가와 만날지도 몰라요. 요즘 모용세가의 무사들이 남쪽으로 일부 움직였다는 보고가 있었어요."

"오호, 그래? 그런데 왜 이제 보고해?"

"확실한지 아닌지 파악한 후에 보고해야 해서요. 며칠 지나면 진위 여부가 확인되겠지요."

예소의 말에 임정은 책을 덮은 후 바로 말했다.

"출발 준비해."

"지금이요?"

마애가 묻자 임정이 미소를 보였다.

"말이 나왔으니 바로 가자고. 미룰 필요 없잖아? 마애가 타고 온 마차를 이용하자."

"예."

마애가 대답한 후 밖으로 나가자 예소도 출발 준비를 위해 자신의 방으로 향했다. 임정은 살짝 인상을 찌푸리며 자리에서 일어섰다.

"시집 문제나 좀 어떻게 빨리 해결해야지, 원."

진파랑이 온다는 소식에 내심 좋기도 했지만 걱정이 앞서는 그녀였다.

*　　　*　　　*

어둠이 짙게 깔린 작은 마을에는 사람의 그림자는 찾아볼 수가 없었다. 모두가 잠든 듯한 이곳에는 고요한 공기가 적막과 함께 밤손님처럼 거리를 헤매고 있었다.

슥!

어둠뿐인 작은 거리로 몇몇 그림자가 아른거리더니 소리 없이 움직이기 시작했다. 그들은 저 멀리 작은 불빛이 보이는 산등성이에 있는 집을 향해 가고 있었다.

작은 불빛만이 반짝이는 집 안에는 탁자를 사이에 두고 두 사람이 앉아 있었다. 그들은 젊은 청년과 사십 대 중반의 중년인이었는데 조용히 차를 마시며 누군가를 기다리는 것 같았다.

"왔습니다."

낮은 목소리가 문밖에서 들리고 얼마 지나지 않아 검은 무리가 집 근처에 나타났다. 그들이 나타나자 집 주변에 있던 수많은 무인이 강한 기도를 내뿜기 시작했다.

"모시게."

중년인의 낮은 목소리가 울리자 곧 문을 열고 젊은 청년과 중년인이 모습을 보였다. 청년은 백의를 입고 있었으며 소매에 검은 전갈이 그려져 있고, 중년인은 흑의를 입고 있었는데 소매에 붉은 거미가 그려져 있다.

둘이 들어오자 앉아 있던 청년과 중년인이 일어섰다. 네 사람은 그렇게 잠시 서로의 얼굴을 살피다 포권하며 인사했다.

"기다렸습니다."

"반갑습니다."

"형원이라 합니다."

"문가호라 하오. 사촌인 대주님을 대신해서 왔소이다."

"동진이오."

"상위라 하오."

네 사람은 서로 이름을 거론하며 인사를 한 뒤 의자에 앉았다.

"문 대주께서 직접 안 오시다니… 조금 실망이오. 이런 중요한 약속을 두고 다른 사람을 대신 보내다니……. 처음 만남인데 이런 대접을 받고도 천문성을 믿을 수 있겠소?"

형원은 섭선을 펼쳐 부채질을 하며 살짝 미간을 찌푸렸다. 그 모습에 문가호는 사람 좋은 미소를 입가에 그리며 대답했다.

"아시다시피 저희는 처음 만나는 것이고 또한 본 성의 후계자는 형님뿐입니다. 몇 년 전 불미스러운 사건이 있었기 때문에 조심하자는 차원에서 제가 대신 나온 것이니 기분 나빠하지 마시기 바랍니다."

"이해해 주시오. 더욱이 우린 조심스러운 관계가 아니오?"

문가호의 말에 상위가 거들었다. 형원은 가볍게 미소를 보이며 섭선을 접었다.

"이해하겠소이다. 그건 이만 풀지요."

"고맙소이다."

문가호가 다시 한 번 부드러운 미소를 던지고 입을 열었다.

"그런데 무슨 일로 이렇게 은밀히 보자고 한 것입니까?"

본론을 묻는 문가호의 질문에 형원이 빠르게 대답했다.

"독선문주는 바뀌어야 된다고 생각하오. 그래서 만나자고 한 것이오."

형원의 말에 문가호와 상위의 표정이 굳어졌다. 생각지도 못한 말이고 그의 말은 굉장히 큰 의미가 있는 말이기도 했다.

"그 말은… 곧 독선문을 배신하겠다는 것입니까?"

"독선문을 배신하는 게 아니라 문주가 바뀌길 바란다는 뜻이오. 비슷하지만 전혀 다른 의미이지요."

"흥미롭군."

상위가 형원의 대답에 수염을 쓰다듬으며 눈을 반짝였다.

"이야기나 들어봅시다."

상위의 말에 형원이 다시 입을 열었다.

"운무산에는 독선문의 전력 중 사 할이 집중되어 있소이다. 그 말은 곧 남녕에 남은 자가 몇 없다는 뜻이며 천문성에게 길을 열어주겠다는 뜻이오."

"우리가 남녕으로 들어가서 조자경을 죽이라는 것이오?"

상위의 물음에 형원이 미소를 던졌다.

"물론이오. 물론 우리도 도울 것이오."

"조자경을 죽이는 일이라… 재미있군. 그럼 원하는 것은 무엇이오?"

상위가 흥미롭다는 듯 다시 묻자 형원이 미리 준비한 대답을 내놓았다.

"운무산은 물론 해주와 계림까지 천문성에게 내줄 것이오. 어차피 원하는 것은 돈일 테니… 그 정도라면 충분하지 않겠소?"

"좋은 제안입니다."

이번에는 문가호가 미소를 던진 뒤 다시 말했다.

"일단 제 선에서 결정할 사안이 아니니 위에 보고를 해야 할 것 같습니다. 물론 은밀히 해야지요. 최소한의 인원만이 알아야 할 사안이니 철저히 입막음을 하겠습니다."

"그렇게 해준다면야 감사하지요. 아, 우리 쪽에서 심어둔 간자들에 대한 정보도 넘기겠소."

"매우 좋은 제안이오."

상위는 위에 알려야 할 내용이 추가된 것에 상당히 고무적인 표정을 보였다. 독선문과의 오래된 적대 관계로 서로에게 심어둔 간세들이 상당한 편이었고, 그들을 모두 추출할 수 있는 절호의 기회가 찾아왔다고 생각했다. 이 기회를 위에서도 놓치려 하지 않을 것이다.

"조자경의 죽음보다 간자의 정보가 더욱 큰 음식이구려."

"만족스럽다니 다행이오. 좋은 대답을 얻을 수 있을 것 같소이까?"

형원의 물음에 문가호와 상위는 서로의 얼굴을 쳐다본 뒤 고개를 끄덕였다.

"물론입니다."

문가호는 차를 한 잔 마신 뒤 궁금한 듯 물었다.

"그런데 독선문주를 죽이면 그 이후 독선문은 어떻게 되는 것입니까?"

"그 문제는 우리가 알아서 할 것이오. 한 가지 확실한 것은 이 일은 우리에게도, 또한 천문성에게도 이득이란 것이오."

문가호는 형원의 말에 고개를 끄덕이며 중얼거렸다.

"독선문을 배신한 것이 아니라 문주를 배신한 것이라고 생각하면 될 것 같소이다."

형원은 그의 중얼거림을 들었지만 대답하지 않았다.

"이 일은 조만간 다시 만나서 깊게 논의를 해야 할 것 같소이다. 중대한 사안인 만큼 결정하는 데 시일이 좀 걸릴지도 모르니 양해 바라오. 결정되면 우리 쪽에서 사람이 갈 것이니 기다려 주시오."

"알겠소이다."

형원이 대답 후 자리에서 일어나자 동진도 함께 일어났다. 그들은 조용하고 빠르게 밖으로 나가 소리 없이 사라졌다.

"어떻게 생각하나?"

상위의 물음에 문가호는 아까와 달리 굳은 표정으로 차를 다시 마신 뒤 대답했다.

"일단 독선문의 이제자인 형원에 대해 조사를 좀 철저히 해야 할 것 같습니다. 그가 왜 이런 제안을 우리에게 하는지 그 목적을 파악해야지요."

문가호의 대답에 상위는 말없이 고개만 끄덕였다.

第二章
떨어지는 나무

진가도

문가호와 헤어진 형원과 동진은 점촌을 벗어나 한참 동안 이동한 뒤 타고 왔던 마차에 올라탔다. 마차가 움직이자 그 주변으로 십여 명의 호위무사가 말을 타고 함께했다.

　"조자경의 제자들은 어찌할 건가?"

　"그 세 계집년 말입니까?"

　"물론이네."

　동진과 형원은 임정과 마애, 예소를 동시에 떠올렸다.

　"임정과 마애는 그냥 죽이기는 아까우니 무공을 모두 없애고 한동안 가지고 놀다 죽여야지요. 그리고 예소는……."

　형원은 예소를 떠올리다 말끝을 살짝 흐렸다. 예소는 미모도 뛰어났지만 의술도 높았고 지략도 어느 정도 갖춘 사매였다. 쉽게 죽이는 게 아까운 여자라고 생각했다. 그 마음을 읽었는지 동진이 말했다.

"죽여야 하네."

동진의 단오한 말에 형원이 고개를 끄덕였다.

"물론 그래야지요. 동 장로님은 셋 중에 누가 마음에 듭니까?"

"이 나이에 계집에 관심이 가겠나? 처리는 자네가 알아서 하게."

"하하하! 그렇게 말씀하시니 모두 제가 처리해야겠습니다."

"임정의 무공이 대단하니 기회가 왔을 때 확실히 처리해야 하네."

동진은 거듭 강조하듯 말했다. 형원이 섭선을 펼쳐 보이며 대답했다.

"그년의 무공이야 두말할 필요도 없이 대단하지요. 인정하고 있기 때문에 확실히 처리할 생각입니다. 그년이 살아 있으면 뒤통수가 아플 테니까요."

"처리하기 힘들면 나나 서 장로에게 맡기면 되네."

"제가 그년들을 확실히 처리하지 못할 것 같습니까?"

형원의 물음에 동진은 손을 저었다.

"못 할 것 같았으면 함께 거사를 도모하지도 않았지. 단지 옛정에 휘말려 손에 사정을 둘까 봐 염려해서 하는 말이네."

동진의 말에 형원은 살기를 슬쩍 보이며 대답했다.

"걱정하지 마십시오."

형원은 대답 후 잠시 어릴 때의 기억을 떠올렸다. 임정과 함께 조자경 밑에서 책을 읽고 무공을 수련하던 어린 날이 잠시 머리를 스쳤다.

하지만 조자경은 임정을 더 총애했고, 그로 인해 질투심이 많던 기억도 있었다. 은연중 조자경은 독선문을 임정에게 물려줄 뜻을 내비치기도 했다. 그게 마음에 안 들었다. 임정보다 자신이 못한 게 하나도 없다고 여겼기 때문이다.

하지만 임정은 여자였고 언젠가는 시집을 가야 한다는 것 때문에 그녀를 총애하는 조자경의 행동에 대해 큰 불만은 없었다. 참고 기다리면 독선문주의 자리는 자신에게 돌아올 것을 믿었기 때문이다.

그런데 임정은 시집갈 생각이 없었고, 조자경도 그렇게 강요하지 않았다. 그 모습이 그를 불안하게 하였다. 그러던 어느 날, 조자경과 장로들의 대화를 엿듣게 되었고, 독선문을 임정에게 물려주자는 그들의 목소리에 크게 상심했다.

조자경은 처음부터 자신에게 독선문을 물려줄 생각이 없었던 것이다. 그가 상심한 나날을 보낼 때 동진이 다가왔다. 그는 조자경의 행보에 대해 불만을 많이 가진 장로로 유명했다.

조자경은 문주가 된 뒤 원수처럼 지내던 당가와 친분을 쌓기 시작했으며 소요궁과도 다툼 대신 화해를 청했다. 그러한 그의 행보를 싫어하는 장로들은 당연히 있을 수밖에 없었다.

"제가 문주가 된다면 가장 큰 공은 동 장로님과 서 장로님에게 돌아갈 것입니다. 약속대로 스승님이 가지고 있는 비급을 공유하기로 하지요."

"이번 일에 실수는 없어야 하네. 과거 형산파를 멸문시킨 오대장로도 임정 하나를 어쩌지 못했네. 한중도 그 계집의 손에 죽어야 했지."

"잘 알고 있습니다. 그러니 그쯤 하시지요."

형원은 걱정이 너무 큰 동진의 당부에 살짝 미간을 찌푸렸다. 같은 말만 몇 번 반복했기 때문이다.

'이래서 노인네들은 안 된다니까. 쯧쯧!'

형원은 짧은 숨을 내쉬며 섭선을 접었다.

"스승님이 죽으면 약속대로 무유신공(撫柔神功)을 주겠소."

"잊지 말게."

"물론이오."

형원은 독선문의 문주만이 익히고 있는 무유신공을 동진에게 줄 생각이다. 물론 문주인 조자경이 죽고 자신이 문주가 된 뒤의 일이다.

'애송이 새끼, 네가 문주라니 가당키나 한 말이냐? 무유신 공만 얻으면 네놈도 죽일 것이다.'

　동진은 담담한 표정으로 고개를 끄덕인 뒤 눈을 감았다. 형원 역시 피곤한지 곧 눈을 감고 잠을 청했다.

＊　　　＊　　　＊

　사사도(死邪刀) 유백은 한때 강호에서 매우 잘나가던 강호 십이풍의 한 사람으로서 그 명성이 천하를 울린 인물이다. 하지만 그는 또한 굉장히 유능한 마부이기도 했다.

　유백은 한때 강호에서 이름 높은 고수였지만 천지검에 눈이 멀어 한 가지 실수를 하고 말았다. 그건 뼈아픈 실수였고 그의 인생에서 가장 큰 상처였다.

　절정의 고수로서 귀신조차 죽인다고 알려질 만큼 일품의 도법을 펼치던 그는 과거에 범한 큰 실수로 말미암아 은인자중하며 살아갔다. 그러던 어느 날 임정을 만났고, 그 뒤로 마부가 되었다.

　독선문은 유백에게 좋은 곳이었다. 쾌적한 환경과 독선문 도들이 너도나도 도법을 배우겠다고 달려들어 행복한 마음으로 그들에게 도법을 가르쳐 주었다. 그들은 밤늦게까지 배우는 열정적인 자들이었고, 유백은 한동안 제자들 때문에 자시가 다 돼서야 잠들었다.

어느 날 문득 아침에 눈을 뜬 그는 자신이 왜 이곳에 있어야 하는지 의문이 들었다. 그리고 떠나야겠다고 생각했다. 이곳을 떠나야 자신의 인생이 다시 시작될 것 같다는 생각이 들었다. 하지만 그는 마부 일을 잘했기 때문에 떠날 수가 없었다.

"유 선배."

좋아하면서도 싫어하고 싫으면서도 좋아하는 임정의 목소리가 들리자 유백은 고개를 돌렸다. 마차 안에서 고개만 내민 임정이 말했다.

"배고파요. 저쪽에 그늘진 곳에서 좀 쉬었다 가요. 물론 유선배가 만들어준 닭백숙을 먹으면서 쉬어야겠지요?"

유백이 요리도 잘한다는 것을 알고 있는 임정은 깜찍하지 않느냐는 듯 한쪽 눈을 찡긋거렸다. 그러자 유백의 안색이 굳어졌다. 그때 반대쪽 문에서 예소의 얼굴이 튀어나왔다.

"오라버니, 닭은 제가 사왔으니 재료 걱정은 안 해도 돼요."

"나두 좋아."

여우 가면이 예소의 뒤에서 튀어나오자 유백은 허허거리며 고개를 끄덕였다.

"그래, 인생 뭐 있는가? 다 제 복인 거지. 후후후, 그렇게 하자."

"그래요, 인생 뭐 있어요?"

"요즘 유 오라버니가 자주 쓸쓸해 보여서 걱정이에요."

"갱년기 온 거 아니야?"

마애와 예소의 말에 힘을 얻었지만 마지막 임정의 말에 유백은 주먹을 살짝 떨었다.

"자, 내리자!"

유백의 큰 목소리에 세 명의 낭자가 일제히 마차에서 내렸다. 독선문의 세 자매가 움직이는 데 호위가 없다는 것이 이상할 수도 있었다. 하지만 호위는 유백 한 명이면 충분했다. 그의 무공은 이미 정평이 나 있기 때문이다.

바위에 걸터앉은 유백은 세 자매가 앉아서 자신이 만든 닭을 뜯어 먹고 있는 모습을 흐뭇하게 바라보고 있었다.

"우걱우걱!"

"쩝쩝!"

마애와 임정은 손으로 닭을 뜯어 먹으며 커다란 솥에 담긴 세 마리의 닭 중 벌써 두 마리나 아작 내고 있었다. 반면 예소는 자신의 그릇에 담긴 닭 반 마리를 천천히 꼭꼭 씹어 먹고 있었다.

"야, 이년아! 그만 좀 처먹어! 살쪄, 이년아!"

"언니야말로 요즘 뱃살 나온 거 알아요? 그만 좀 먹어요!"

임정과 마애의 신경전에 유백이 미소를 던졌다.

"오라버니는 안 먹어요?"

"니들이 먹는 모습만 봐도 배가 부르다."

예소의 물음에 유백은 손을 저었다. 그러자 임정이 툭 한마디 던졌다.

"에헤헤헤! 그러다 배고프면 또 육포 씹으면서 투덜거릴 거면서."

임정의 말에 유백은 헛기침을 하며 한쪽에 앉아 남은 닭다리를 들어 뜯었다. 그러다 문득 생각났다는 표정으로 물었다.

"참, 진 동생이 온다 하지 않았나? 듣자 하니 조 선배께선 너희 셋 중에 한 명을 진 동생에게 시집보내겠다고 하던데, 사실이야?"

"우엑! 쿨럭쿨럭!"

"캑캑!"

"욱! 컥컥!"

세 명이 동시에 닭고기를 먹다 기침하며 고개를 저었다. 그 모습에 유백은 뭔가 속에 쌓여 있던 응어리가 풀리는 기분이 들었다. 셋 다 콧물과 눈물이 범벅된 모습으로 한참 동안 기침을 하며 가슴을 두드렸다.

"하하하하!"

유백이 크게 웃자 임정이 차갑게 쏘아붙였다.

"그놈 얘기를 왜 꺼내세요? 우리가 그놈에게 시집가면 좋겠어요?"

유백은 진파랑을 떠올리며 살짝 고민하곤 답했다.

"진 동생 정도면 좋지 않아? 너희와 잘 어울리고 말이야.

그 정도의 사내를 어디 쉽게 찾을 수 있을 것 같나? 진 동생 정도라면 아씨도 충분히 받아줄 수 있고 좋지."

"난 좋아. 스승님이 나보고 가라면 갈 수 있어. 그런데 그놈이 나를 싫어해서 못 가."

마애가 슬쩍 손을 들어 보이며 말했다. 마애와 진파랑의 관계를 잘 아는 임정과 예소는 묵묵히 고개를 끄덕였다.

"콧물, 이년아."

예소의 코에서 콧물이 살짝 흐르자 임정이 쏘아붙였다.

"힝! 핑! 쿠룩! 훅!"

예소가 임정의 말에 손수건으로 흘러내린 콧물을 풀었고, 유백이 말했다.

"여우는 진 동생이 좋은 모양이군?"

마애를 여우라고 부르는 유백이었고, 마애는 그 호칭을 싫어하지 않았다. 여우 가면 때문에 그녀의 표정을 볼 수는 없었지만 눈동자는 이리저리 움직이고 있었다. 눈은 뚫려 있기 때문에 눈동자는 볼 수가 있었다.

"아니, 싫어. 아니, 좋아. 아니… 모르겠어……."

잠시 말을 멈춘 그녀는 모두의 시선에 조용히 다시 말했다.

"그놈은 내 얼굴을 보고도 고개를 돌리지 않았으니까……."

마애는 과거의 기억을 떠올렸다. 좋은 기억은 아니다. 진파랑의 살기에 짓눌린 기억이고, 그의 손에 고통도 맛봐야 했다. 하지만 그는 자신의 얼굴을 보고도 눈길조차 돌리지 않던 남자이다. 그런 사람은 그가 유일했다.

"그런데 그놈은 나를 싫어해."

마애의 말에 예소가 고개를 저었다.

"싫어하지 않아요. 싫어했다면 언니를 피했을 텐데 진 소협은 그런 적이 없잖아요."

예소의 말에 마애는 미미하게 고개를 끄덕이며 그랬는지 기억을 더듬었다.

"쓸데없는 고민 하지 마라. 시집가는 일은 죽어도 없을 테니까. 쩝쩝!"

임정이 남은 닭고기를 뜯어 먹으며 말했다.

"칫! 언니도 좋아하면서."

"뭐? 내가 왜 그놈을 좋아하냐? 그게 말이 돼? 내가 사랑하는 사람은 오직 책 속에만 존재한다!"

예소의 말에 임정은 놀란 표정으로 목소리를 높였다. 먹고 있던 닭고기가 입 밖으로 튀어나왔고, 격앙된 듯 눈을 부릅떴다. 그 모습에 예소가 비릿한 조소를 입가에 걸었다.

"후후후! 언니가 하는 잠꼬대를 난 들었지."

"뭐?"

"뭔데?"

임정이 놀란 표정을 보이자 마애가 궁금한 듯 물었다. 예소가 득의양양해 일어서며 말했다.

"파랑, 나를 뜨겁게 녹여줘. 악! 너무 낯 뜨거워서 더 이상은 못 하겠어!"

"야!"

휘릭!

순간적으로 임정이 일어났고, 예소가 미친 듯이 앞으로 도망쳤다.

"너! 잡히면 죽어!"

임정의 목소리가 울렸고, 유백과 마애는 조용히 앉은 자리를 치우기 시작했다.

*　　　*　　　*

사천과 섬서의 경계에 위치한 유강이라는 작은 마을에 들어온 진파랑과 그 일행은 객잔을 발견하고 그곳에서 짐을 풀었다. 산유객잔이라 불리는 그곳은 유강촌에 있는 유일한 객잔이기도 했다.

밝은 호롱 불빛 아래 앉아 있는 진파랑의 앞에 영기위가 있다. 탁자에는 술과 몇 가지 소채와 함께 돼지 수육이 안주로 있다. 술은 쌀로 만든 탁주였는데 영기위는 주향을 맡으며 만족스러운 표정을 보였다.

"여자들 사이에 끼어서 오려니 여간 힘든 게 아니군."

영기위는 여자들과 함께 여행하며 지내온 날들을 떠올렸

다. 그는 낮엔 마부가 되어야 했고 밤에 번을 설 때도 다른 사람들보다 두 배는 더 서야 했다. 거기다 노숙할 때는 불도 피워야 하고 사냥도 해야 했다.

어떨 때는 큰 걸 숲에서 보고 있는데 기다리지 않고 먼저 떠나는 경우도 있었다. 서럽다고 할까? 한번은 불만을 토한 적이 있었는데 네 여자에게 사방이 포위되어 구박을 당했다. 맹수들에게 사방이 포위되어 금방이라도 먹힐 것 같았다.

"힘든 일이지."

진파랑은 공감한다는 표정으로 고개를 끄덕이며 자신의 잔에 술을 따랐다. 영기위가 술을 마시며 말했다.

"전부터 궁금했는데, 도대체 어떻게 무공을 수련하면 네놈만큼 강해지지?"

"죽으면 돼."

진파랑의 짧은 대답에 영기위의 이마에 주름이 잡혔다. 이해할 수 없는 말이었기 때문이다. 하지만 진파랑은 사실을 말했고, 그 경험을 몇 번이고 한 사람이다.

"하기 싫군."

영기위가 고개를 흔들며 답했다. 이번에는 진파랑이 물었다.

"네 무공도 일취월장했는데 어떻게 된 건가?"

"죽도록 수련했지. 미친놈처럼 무공만 수련했거든. 물론……"

"물론?"

진파랑이 궁금한 듯 시선을 던지자 영기위는 미소를 보이며 술을 마셨다.

"캬, 돈을 좀 썼지. 금으로 한 일만 냥은 썼을걸."

"일만 냥?"

"세상에 돈으로 안 되는 게 있나? 몸에 좋다는 것은 다 사먹었어. 먹고 또 먹고. 산삼부터 하수오, 뱀장어에 진주 가루도 있고… 천축에서 구한 유황도 있지."

"효과가 좋았던 모양이군."

영기위는 고개를 끄덕였다.

"당연히 효과가 있었지. 한동안 이놈이 죽지를 않아서 고생도 좀 했고."

영기위는 말을 하며 자신의 아랫배를 두드렸다. 그 모습에 진파랑은 실소를 흘렸다. 영기위가 다시 말했다.

"이놈을 다스릴 때부터 몸이 가뿐해지기 시작하더니 실력도 늘더군."

영기위의 말에 진파랑은 술을 마시며 고개를 끄덕였다. 그러다 잔을 내려놓고 다시 물었다.

"그런데 성을 나온 이유는 뭔가?"

"전에 말하지 않았나? 심심하다고 말이야."

영기위는 왜 또 묻느냐는 표정으로 답했다. 진파랑이 고개를 저으며 말했다

"심심하다고 나올 사람은 아닌 듯한데… 천외성은 네 성격과도 잘 어울리는 곳 아니었나?"

"솔직히 말하면 악양에 좀 가려고."

영기위는 쓴웃음을 보이며 답했다. 천외성을 나온 이유가 악양이었기 때문이다. 자신이 살던 곳에 다시 가볼 생각으로 나온 것이다.

"이유가 되었나?"

"충분히."

진파랑은 잔을 들었다.

"일 마치면 찾아오게."

"심심하면."

영기위의 대답에 진파랑은 미소를 던졌다.

방 안에 모여 앉은 사녀는 모두 진파랑의 시비로 천외성에서 그를 따라 나온 인물들이다. 정정을 비롯해 정월과 청란, 소옥이었는데 모두 한자리에 모여 앉아 있다.

각자의 방에서 휴식을 취하던 그녀들을 모두 불러 모은 것은 정정이었다.

"이렇게 모이자고 한 건 이제 각자의 소속이 어디인지, 누구에게 충성을 하고 있는지, 누구를 위해 일을 해야 하는지 명확하게 해야 할 것 같아서야."

그녀의 말에 모두의 표정이 굳어졌다. 정정은 슬쩍 미소를 보이며 다시 말했다.

"나는 지 총관의 충복이었고 지 총관의 명으로 진 원주를 감시하고 있었어. 그렇기 때문에 지 총관은 내게 너희가 어디에서 왔는지 알려주었지."

"정 언니는 지금까지 모르는 척한 거였군요?"

청란의 물음에 정정이 고개를 끄덕였다.

"굳이 각자의 배후에 대해 말할 이유는 없었으니까."

"그럼 나나 정월이 어디에서 온 것인지도 안다는 소리인가요?"

청란이 다시 묻자 정정은 미소를 그렸다.

"물론이지."

"어딘데요?"

"하오문."

정정의 대답에 청란은 굳은 표정으로 차를 따라 마셨고, 정월 역시 긴장한 눈빛을 던졌다. 그리고 정정이 하는 말이 모두 사실이란 것도 알았다. 소옥은 유난히 떨리는 표정으로 아랫입술을 깨물고 있다. 그 모습을 보던 정정이 지그시 그녀를 쳐다보며 말했다.

"소옥도 어디에서 왔는지 말해야 하지 않을까? 우리끼리는 확실하게 서로의 목적에 대해 밝히고 믿음을 쌓아야 할 것 같은데… 어떻게 생각하지?"

그녀의 물음에 소옥은 어떻게 해야 할지 고민에 빠지며 입을 열지 못했다. 그녀의 손이 허리춤으로 움직이려는 찰나 청란과 정월의 손이 더욱 빠르게 번개처럼 움직였다.

소옥은 굳은 표정으로 자신의 목에 겨누어진 두 개의 단도를 쳐다보며 청란과 정월을 번갈아 쳐다보았다. 그녀의 이마에 식은땀이 맺혔다.

정월이 차가운 목소리로 말했다.

"쓸데없이 움직이지 않는 게 좋아."

소옥은 정월의 말을 들으며 애써 태연하게 웃었다.

"왜 그러세요? 전 아무 짓도 안 했어요."

"어디에서 왔지? 확실하게 밝혀."

청란의 싸늘한 목소리에 소옥이 빠르게 입을 열었다.

"그것보다 왜 하오문에서 두 분이나 원주님께 붙은 건가요? 거기다 지 총관의 충복인 정 언니도 진 원주를 따라 천외성을 나왔잖아요? 왜죠? 그 이유부터 듣고 싶네요."

소옥은 본능적으로 자신의 위기라는 것을 알고 있었다. 그렇기 때문에 질문을 던졌고, 그사이에 빠져나갈 구멍을 찾으려 했다. 그 의도를 모를 리 없는 정정이다. 그녀보다 먼저 청란이 말했다.

"이유? 나나 정월이 하오문에서 나온 것을 진파랑이 모를 것 같아? 그는 이미 알고 있어. 단지 정 언니가 알고 있다는 것에 조금 놀랐을 뿐이야. 정 언니의 말은 우리의 정체를 알고 있으니 숨기지 말고 정보를 공유하자는 말이기도 해. 제 말이 맞죠?"

"맞아."

청란의 물음에 정정이 고개를 끄덕였다. 하오문의 사람인 것을 알고 있으니 자신은 지탁의 사람이라는 것을 밝힌 그녀였다.

"여긴 천외성이 아니기 때문에 우리의 신분에 대해 명확하게 하자는 거야. 내가 천외성에 있을 때 지 총관에게 받은 명은 그를 감시하고 틈이 보이면 죽이라는 거였지."

모두의 표정이 차갑게 변했다. 정정이 다시 말했다.

"하지만 죽일 수가 없었어. 아니, 죽일 틈이 없었다고 해야지. 그리고 어떻게 그를 죽일 수 있지?"

정정의 말을 모두 공감하는 듯 보였다.

"저와 같은 명을 받았군요."

"뭐? 감시 아니었어?"

정월의 말에 청란이 반응했다. 그러자 정월은 웃으며 곁눈으로 소옥을 훔쳐보았다. 그녀는 소옥의 움직임을 감시하며 다시 입을 열었다.

"네가 받은 명은 감시였고 난 살인이었어. 알잖아? 내 전문이 살인이란 것을 말이야. 살인, 그리고 고문."

정월의 눈웃음이 스산하게 느껴지는 소옥이다.

"하긴… 그렇지."

청란도 그 부분은 인정하고 있었다. 정월은 대놓고 소옥을 처다보며 다시 말했다.

"처음에는 그랬지만 나중에는 모시라고 했지. 결국 그의 무공을 이용하자고 결론을 내린 거야."

청란은 이미 알고 있는 사실이기에 고개만 끄덕였다.

"정 언니는 지금도 지 총관의 사람인가요?"

청란의 물음에 정정이 손을 저었다.

"아니, 그렇지 않아. 천외성을 벗어나는 순간 난 진 원주의 사람이 된 거지. 그를 모시고 보살피는 일이 내가 해야 할 일이야. 그렇기 때문에 이렇게 나선 거고."

"이상하군요. 진파랑에게 충성을 한다면 이유가 있어야 하지 않나요? 그를 따르는 이유가 무엇인가요? 그가 정 언니에게 주는 것이 있나요? 설마 사랑?"

청란의 물음은 지극히 당연한 것이었다. 돌아오는 것도 없는데 누군가를 따른다는 것은 말이 안 되기 때문이다. 하지만 현재의 진파랑은 정정에게 해줄 수 있는 게 아무것도 없어 보였다. 만약 정정이 진파랑을 사랑한다면 그녀가 이렇게 충심을 다할 이유로는 충분했다. 그래서 물은 것이다.

"사랑? 그런 건 없어. 그를 모시면 내가 얻는 것은 자유지. 천외성을 벗어난 자유. 더 이상 감시를 당하는 일도, 감시를 하는 일도 없는 자유……. 내게 필요한 것은 그뿐이야. 자유를 얻고 싶었으니까."

정정의 말에 청란과 정월은 살짝 아미를 찌푸렸다. 이해가 되면서도 이해가 안 되는 어중간한 말처럼 들렸기 때문이다.

"그 부분은 나중에 다시 듣고 싶군요. 어쨌든 얻는 것은 있다는 거네요?"

"맞아."

정정은 부정하지 않았다. 그녀는 곧 시선을 소옥에게 던졌다. 그녀는 여전히 굳은 표정으로 긴장한 눈빛을 던지고 있었다.

"소옥, 한 가지 말해줄 게 있다면 나에 대해서도 진 원주는 다 알고 계셔. 또한 청란과 정월에 대해서도 잘 알고 있지. 그리고 네가 어디에서 왔는지도 알아."

정정의 말에 소옥의 눈빛이 차갑게 변하기 시작했다. 그녀의 기도가 달라지자 청란과 정월도 살기를 보이기 시작했다. 하지만 목을 겨눈 단도를 거두지는 않았다. 오히려 더욱 강하게 그녀의 목을 압박했다.

슥!

청란의 단도가 그녀의 목을 돌아 뒷머리를 겨누었다. 차가운 날이 소옥의 목을 자극했고, 소옥은 앞과 뒤의 차가운 단도의 기운에 인상을 더욱 크게 찌푸렸다.

'빠져나가지 못하겠군.'

조금의 틈도 안 주겠다는 청란과 정월의 행동이다.

"좋아요. 대신 이 단도 좀 어떻게 해주세요. 설마 제가 세 분을 앞에 두고 헛짓을 하겠어요?"

정정이 고개를 끄덕이자 청란과 정월이 손을 거두었다. 그제야 소옥은 긴 한숨을 내쉬며 자신의 목이 붙어 있는지 확인하려는 듯 목을 만졌다.

"저는 천문성에서 왔어요."

소옥의 말이 떨어지기 무섭게 정월과 청란이 자리를 박차고 일어나 그녀의 좌우에 섰다. 그녀들의 빠른 행동에 소옥은 내심 놀랐지만 어깨를 한번 으쓱하면서 다시 말했다.

"이미 진파랑도 알고 있는데 왜 두 분이 더 놀라나요? 거기다 도망치려 했다면 좀 전에 도망쳤을 거예요."

단도를 거두었을 때를 말하는 소옥이다. 그때가 사실 도망칠 기회이기도 했다.

"둘 다 앉아."

정정의 말에 청란과 정월이 다시 자리에 앉았다. 소옥이 다시 말했다.

"제 목적은 감시예요. 그뿐이니 걱정하지 마세요."

"살수가 아니라는 소리군."

"하긴… 천문성이 가만있을 리가 없지."

정월과 청란이 중얼거렸다.

"제가 살수로 보이세요? 제가 살수였다면 벌써 손을 쓰고 도망쳤지요. 아니면 죽었든가."

소옥의 말에 청란이 굳은 표정으로 물었다.

"감시라면 연락책도 있을 텐데 어떻게 하지?"

"말 그대로 감시이고 연락은 본성에서 오지 제가 하는 게 아니에요."

"그랬군."

청란은 고개를 끄덕였다. 소옥이 정정에게 시선을 던지며 말했다.

"처음부터 알고 있었군요?"

정정은 부정하지 않았다.

"맞아. 처음 들어온 날 진 원주께 보고했지. 그날 지 총관이 내게 알려준 사항이었으니까 말이야."

"제 꼴이 우습네요. 전 그것도 모르고… 하아!"

소옥은 이마를 짚으며 고뇌하는 표정을 보이다 깊은 한숨을 내쉬었다. 그 모습에 정정이 빠르게 말했다.

"실제 원주님은 네가 천문성의 사람인지 몰라. 나만 알고 있던 사실이고 지금 네가 스스로 말하길 기다렸을 뿐이야."

"날 속였군요."

소옥의 표정이 차갑게 변하며 그녀의 살기가 방 안에 가득 퍼졌다.

*　　　*　　　*

정정이 다시 말했다.

"하지만 내심 예상하고 계시지 않을까? 천외성을 따라나선 시비는 우리 넷뿐이니까. 아무 이유 없이 따라나설 리가 없지 않아? 우리 모두 목적이 있는데 너만 없을 리가 없잖아?'

"흠……."

"며칠 안으로 말할 생각이기도 했어. 그러니 비밀이라고 할 수도 없지."

소옥은 아미를 찌푸리며 손톱을 깨물기 시작했다. 당황한 것이다.

'이럴 때는 어떻게 해야 하는 거지? 감시를 포기하고 성으로 복귀해야 하나, 아니면 계속 남아 있어야 하는 걸까? 정정은 처음부터 알았기 때문에 나를 계속 감시하고 있었다는 뜻인가? 설마… 흑랑대에 들어간 대원도 아는 것은 아닐까?'

여러 가지 복잡한 생각이 머리를 어지럽혔다.

정정은 만약을 위해서라도 소옥을 처리해야 한다고 여겼다. 하지만 소옥과 보낸 시간이 있기 때문에 말로 그녀를 보내려 했다. 지금까지의 정을 생각해서 지금의 자리를 만든 것이다.

"제가 어떻게 하길 바라시는 건가요?"

"지금까지 함께한 시간이 있으니 그냥 조용히 갔으면 해."

소옥은 그녀의 제안에 생각을 멈췄다. 사로잡아 천문성과 관련된 정보를 묻지 않는 것만 해도 다행이었다.

"좋아요, 그렇게 할게요. 지금 가면 되나요?"

"그래."

정정의 짧은 대답에 소옥은 자리에서 일어나 조용히 자신의 방으로 향했다. 그녀의 뒤로 청란이 따랐다. 그녀는 소옥이 정말 제대로 짐을 가지고 떠나는지 확인해야 했다.

소옥은 옷가지만 챙기고 밖으로 나왔다. 밖에서 기다리던 청란은 소옥과 함께 마을 밖으로 걸었다.

"그동안 고마웠어요."

"고생했어."

소옥의 인사에 청란은 짧게 대답했다.

"이제부터 남인 건가요, 아니면 적인가요?"

"적으로 만나겠지."

청란의 대답에 소옥은 가볍게 미소를 보인 뒤 미련 없이 신형을 돌렸다. 청란은 소옥이 멀리 눈앞에서 사라질 때까지 배웅한 뒤 객잔으로 향했다.

방에는 정정과 정월이 앉아 있었고 둘은 말이 없었다. 소옥과의 시간이 길지 않아 큰 정이 들지는 않았지만 그래도 있던 사람이 없으면 허전한 법이다.

"꽤 친해졌다고 생각했는데… 아쉽네요."

정월의 말에 정정도 같은 생각인 듯 짧은 한숨을 내쉬었다.

"그래도 어쩔 수 없어. 천외성에 있다면 모를까, 중원으로 나왔는데 천문성의 간자를 곁에 둘 수는 없잖아?"

"그건 그래요."

둘의 말에 청란은 빈자리에 앉으며 말했다.

"다음에 만날 땐 적이 될 테니 그만 생각해요."

그녀의 말에 방 안의 공기가 무겁게 변한 듯 보였다. 적이 될 수밖에 없는 사이란 것을 그녀들은 모두 잘 알고 있었다.

정월은 차를 마신 뒤 정정에게 말했다.

"저는 제 임무를 좀 보고하러 가야 할 것 같네요."

"임무?"

정정이 궁금한 듯 쳐다보자 정월이 미소를 던졌다. 그녀는 청란에게 슬쩍 시선을 던지며 말했다.

"천외성을 벗어났으니 본 문에 그동안의 일을 보고해야지 요. 저는 가지만 란이는 이곳에 남을 거예요."

"막을 수 없지."

정정의 대답에 정월이 자리에서 일어섰다.

"갔다 와."

청란의 말에 정월은 가볍게 인사를 한 뒤 밖으로 나갔다. 그녀가 나가자 청란과 정정은 담소를 나누며 시간을 보냈다.

다음 날 아침이 되자 마차에는 진파랑만 올라와 앉아 있었 다. 문을 열던 정정은 영기위가 안 보이자 궁금한 표정으로 물었다.

"영 소협은 어디 갔나요?"

"악양. 금방 다시 오겠지."

짧은 대답에 정정은 별말 없이 들어와 앉았고, 청란이 마부석에 앉아 마차를 몰기 시작했다. 꽉 들어차 있던 마차 안이 갑자기 한적해지자 허전함이 밀려왔다.

진파랑은 팔짱을 낀 채 입을 열었다.

"소옥은?"

"떠났어요."

진파랑은 정정의 짧은 대답에 무슨 일인지 궁금했다.

"소옥은 왜?"

"천문성에서 보낸 사람이니까요. 원주님을 감시하는 살수였어요."

"그랬군."

진파랑은 이미 예상이라도 한 사람처럼 별다른 표정의 변화 없이 고개만 끄덕였다.

"알고 계셨잖아요?"

정정의 물음에 진파랑은 가볍게 미소만 보였다. 정정은 궁금한 표정으로 물었다.

"정월은 왜 보낸 건가요?"

"천문성의 동태를 살펴야지."

진파랑의 당연한 대답에 정정이 다시 물었다.

"제가 해야 할 일은 없나요?"

"무슨 일?"

"제 특기 중 하나가 첩보잖아요."

"그 일은 나중에 하고 지금은 시비 일에 열중하는 게 어때?

그것도 네 특기잖아."

진파랑의 말에 정정은 미소만 보였다. 진파랑이 눈을 감으며 다시 말했다.

"내가 천외성에서 얻은 사람 중에 유일하게 마음에 드는 사람이 너 하나야."

"알아요."

정정이 조용히 대답했다.

"아미산에 가면 좀 쉬어. 한동안 산에서 내려오지 못할 것 같으니까."

"알았어요."

정정의 대답을 들으며 진파랑은 잠을 청했다.

*　　　*　　　*

사천에서 가장 유명한 산을 꼽으라면 사람들은 아미산이라 말한다. 하늘 높이 솟구친 고봉은 그 끝이 보이지 않았고 구름에 걸쳐져 있는 날이 많아 구름 위의 산이라고 불렸다.

아미산의 서편에는 작은 냇물이 흐르는 넓은 평지가 있었다. 그곳에 백여 명이 넘는 아미파의 제자들이 모여 있었다.

한쪽에 지어진 정자 안에는 아미파의 장문인이자 아미산의 주인인 연정 신니가 앉아 있다. 강호에서 가장 명성 높은 사세와 이성 중 이성의 한자리를 차지하고 있는 그녀이다.

명성신검(明星神劍)이란 별호만큼 그녀는 검은 밤하늘에 반짝이는 별과도 같았다. 그녀의 좌우로 연자배의 여승들이 앉아 있고 앞에는 연자배의 막내인 연진이 서 있다. 그녀는 연심보다 일 년 늦게 들어왔지만 나이는 연심보다 많았다.

그녀의 좌우로 정자배의 제자들이 늘어서 있었는데 그녀들은 긴장한 눈빛을 던지고 있었다. 그럴 수밖에 없는 것이 오늘부터 십 일간 삼 년에 한 번 있는 아미파의 시험이기 때문이다.

"시작해."

연진의 목소리에 가운데에 서 있던 두 명의 정자배 제자들이 목검을 들고 검공을 겨루기 시작했다. 소청검법을 익힌 둘은 서로의 검법을 너무도 잘 아는 듯 보였고, 빈틈을 찾아 공격과 방어를 이어가고 있었다.

두 사람의 비무를 보던 연정이 입을 열었다.

"정월이 이기겠군."

"그럴 것 같네요."

바로 옆에 앉은 연운이 대답했다. 그녀는 연정의 바로 아래 사매였다.

비무를 하는 사람들은 정자배의 세 번째 자리를 차지하고 있는 삼제자 정월과 그녀보다 한 살 어린 오제자 정소였다.

연정과 연운의 말처럼 반각이 흐를 때 정월의 목검이 정소의 검을 흘려보낸 뒤 가볍게 그녀의 왼 어깨를 눌렀다.

목검 끝이 어깨를 누르자 검을 들던 정소는 동작을 멈추고 깊은 한숨과 함께 한 발 물러섰다.

"졌어요."

정소는 편안한 표정이고 정월도 입가에 미소를 걸었다.

"다음에 또 하자."

"예."

정소가 대답과 함께 검을 거두자 정월 역시 예를 다한 뒤 물러섰다.

"다음 정혜와 정청은 앞으로 나오거라."

연진의 목소리에 정화와 함께 서 있던 정혜는 긴장한 표정으로 걸어 나왔다. 정림과 있던 정청 역시 긴장한 눈빛으로 나와 정혜와 함께 섰다.

"연심의 제자로군."

연정의 목소리가 낮게 울리자 모두의 시선이 순간적으로 한쪽에 앉아 있는 연심에게 쏠렸다. 하지만 연심은 무심한 눈빛으로 앞을 쳐다보고 있을 뿐이다. 연운이 미소를 보이며 말했다.

"제자를 키우는 능력도 한번 봐야겠지?"

연운의 말에 연심의 목소리가 낮게 울렸다.

"실망하지 않을 거예요."

"좋아."

연운은 그녀의 목소리에 고개를 끄덕였다. 무공적인 능력으로는 연심만큼 대단한 제자도 없었다. 하나 제자는 달랐다. 연운은 내심 정혜보다 정청의 능력을 높게 샀기 때문에 쉽게 이길 거라 생각했다.

"왼손으로 펼치는 난화검법은 확실히 변칙적이다. 그것만으로도 충분히 이길 수 있을 것이다."

정혜의 머릿속에 아침에 한 연심의 목소리가 다시 들렸다. 정혜는 오른손에 쥔 목검을 왼손으로 바꿔 잡았다. 그러자 모두의 표정이 그녀의 행동에 쏠렸다.

"왼손잡이?"

"이것도 재미있겠군."

연운이 조금 놀란 표정을 보였고, 연정은 부드러운 미소를 보이며 눈을 반짝였다.

"시작."

연진의 목소리가 울리는 순간 첫 수를 선보이며 나선 것은 정청이었다. 그녀는 과감히 앞으로 나서며 좌우로 정혜의 허리와 어깨를 노렸다. 그녀의 손에 들린 목검이 빠르게 다가오자 정혜는 침착함을 유지하기 위해 깊게 심호흡을 한 뒤 앞으로 나섰다.

딱! 딱!

둔탁한 소리와 함께 정청의 힘에 정혜가 밀려 뒤로 물러섰다. 목검을 쥔 손이 아팠고, 정청은 기세를 몰아 빠르게 다가왔다. 기본적인 힘에서 밀리는 정혜였다. 정혜는 입술을 깨물며 백로가약(白露佳約)의 초식을 펼치며 정청의 겨드랑이와 허리를 향해 검을 찔렀다.

빠른 움직임이었고, 낮게 앉으며 밀고 오는 정혜의 모습은 정청의 검로를 벗어난 움직임이었다. 정청이 놀라 좌측으로 몸을 피하며 정혜의 얼굴을 향해 검을 내려쳤다. 하지만 정혜의 검은 오히려 횡으로 한 획을 그으며 정청의 배꼽을 스쳤다.

파팟!

두 사람의 신형이 좌우로 갈라졌고, 정혜는 목검 끝에 느껴진 감촉을 똑똑히 기억한 듯 자신감에 가득 찬 표정을 보였다. 정청은 놀란 토끼처럼 눈을 크게 떴다. 분명히 자신보다 아래라고 생각하던 정혜에게 일격을 당한 기분이 들었기 때문이다.

"핫!"

정청은 기합과 함께 가벼운 움직임으로 반원을 그리며 정혜의 목을 쳐 왔다. 노로도운(怒露倒運)의 초식이다.

성난 그녀의 움직임은 매우 빨랐고, 십여 개의 목검이 정혜의 눈앞에서 갈라졌다. 정확하게 목을 노리는 초식이었다.

정혜는 재빨리 정청의 반대로 반원을 그리며 같은 초식을 펼쳤다. 순간 비슷한 목검의 그림자가 두 사람 사이에

겹쳤다.

따다닥!

목검의 둔탁한 소리가 울렸고, 왼손으로 펼친 정혜의 검이 정청의 소매를 찢었다. 그 모습에 정청은 화난 표정으로 신형을 돌리며 정혜의 명치로 추선가우(秋扇佳雨)의 절초를 펼쳤다.

쉬악!

바람처럼 날아드는 정청의 목검에 놀란 정혜가 뒤로 물러서며 벽파칠십이검의 하나인 투영광일(透映光日)의 초식을 펼쳤다. 그러자 그녀의 목검이 길게 늘어난 것처럼 앞으로 뻗어 정청의 왼 가슴을 찔러갔다. 정혜의 신형이 실제 앞으로 크게 일 보 전진해서 펼친 초식이었고, 정청의 눈에는 그저 목검이 늘어난 것처럼 보였다. 하지만 정청은 몸을 살짝 틀어 피하며 여전히 정혜의 명치를 노렸다.

순간 두 개의 손그림자가 두 사람 사이에 나타났다.

파팟!

"악!"

"아!"

정청과 정혜가 동시에 비명과 함께 뒤로 나자빠졌다. 어느새 그녀들 사이에 나타난 연진이 노기 띤 얼굴로 두 사람의 목검을 손에 쥐고 서 있다.

"두 사람의 초식에 양보가 없으니 형제애가 없는 것으로 판단된다. 둘은 삼 일간 면벽 수련이다."

"사숙님, 잘못했습니다!"

"죄송합니다."

연진의 목소리에 반사적으로 두 사람이 고개를 숙이며 용서를 빌었다.

"풋!"

"호호호!"

연심과 연운이 동시에 웃었고, 그녀들의 낮은 목소리에 연진은 고개를 돌렸다. 연정은 미미하게 고개만 끄덕여 연진의 판단을 허락했다. 연진은 고개를 돌려 한쪽에 서 있는 정월과 정림에게 말했다.

"정림과 정월은 두 사람을 데리고 가거라. 그리고 둘은 한 방에서 면벽 수련이다."

"예."

둘은 곧 정혜와 정청을 데리고 신속하게 사라졌다. 그 모습을 보던 연운이 연심에게 말했다.

"제자도 잘 키우는군. 이 년인가? 이 년 만에 저 정도면 대단한 거지."

"청아인가요? 저 아이의 호승심도 좋군요."

"저 나이에 호승심이 없다면 말이 되나? 후후후."

연운은 귀엽다는 듯 웃었다. 그녀는 정청과 정혜의 비무가 의외로 높은 수준이란 것에 만족하고 있었다.

"둘 다 그만하고 혼낼 생각이나 하게. 그래도… 만족스럽군."

연정의 말에 연운과 연심이 가볍게 고개를 숙였다.

第三章
붙잡고 싶은 마음

진가도

본래 가장 볼거리는 마지막에 하는 법이다. 마지막은 연정의 대제자이자 정자배의 가장 큰 제자인 정선과 연운의 대제자인 정림의 비무였다.

"정선과 정림은 앞으로 나오거라."

연진의 목소리에 정선과 정림은 굳은 표정으로 나섰다. 둘은 몇 번이고 비무를 한 사이였고 서로의 검공에 대해 자세히 알고 있는 사이이기도 했다.

비록 목검으로 비무를 한다 하지만 둘의 싸움은 분명 실전과도 같을 것이다.

"이번에는 림아가 이길 거라 생각해요."

"자신 있는 모양이군."

연운의 말에 연정은 슬쩍 눈을 흘기며 미소를 던졌다. 그건 정선에 대한 믿음이고 연운에게 지고 싶지 않다는 마음이기도 했다. 연운 역시 연정에게 지고 싶은 생각이 없었다.

정선과 정림을 둘러싼 공기는 무거웠고, 구경하는 정자배의 제자들도 한껏 긴장이 고조된 표정들이다. 연자배의 여승들은 큰 관심을 가지고 지켜보는 듯했다.

타다닥!

그때였다. 급한 발소리와 함께 두 명의 속가제자가 헐레벌떡 뛰어왔다.

"사숙님!"

큰 목소리와 함께 달려온 그녀들은 땀을 흘리며 정자 앞으로 다가왔다. 그녀들을 알아본 연진이 빠르게 다가와 노기 어린 눈빛을 던지며 물었다.

"너희는 무슨 일로 온 것이냐?"

연진은 중요한 시험을 중단했기 때문에 화가 날 수밖에 없었다. 무엇보다 이곳은 속가제자들이 함부로 들어올 수 없는 구역이기도 했다.

"저 그게… 손님이 오셔서……."

"손님?"

손님이 왔다는 것 때문에 이곳까지 올라온 것에 연진은 싸늘한 표정으로 한소리 하려 했다. 하지만 그보다 먼저 연정이 말했다.

"손님이라면 연이가 있지 않느냐?"

"연이 사숙께서 급히 가서 아뢰라고 하셔서 왔습니다!"

왼편의 제자가 크게 외쳤다.

"연이가 보냈다면 보통 손님이 아닌 모양입니다."

연운의 말에 연정이 고개를 끄덕였다.

"그런 듯하구나."

그때 속가제자가 될 대로 되라는 듯 큰 목소리로 하늘을 향해 다시 외쳤다.

"저기! 연심 사숙의 정인이란 남자가 복호사에 찾아왔습니다!"

속가제자의 외침이 터지자 잠시의 침묵이 주변에 흘렀고, 모든 아미의 제자가 눈을 크게 떴다. 지금 그 외침이 사실인지 아닌지 머릿속에서 맴도는 표정들이다. 그리고 어느 순간 모두가 입을 열었다.

"헉!"

"악! 어머머!"

"으악! 어머!"

"꺄아아악!"

여기저기서 비명과 놀란 외침이 동시다발적으로 터져 나왔고, 연자배의 여승들도 너무 놀라 모두가 자리에서 벌떡 일어났다. 오직 한 사람, 연심만이 그저 무심한 얼굴로 앉아 있을 뿐이다.

잠시 멍하니 서 있던 연정은 순간적으로 비틀거리며 옆으로 쓰러지는 듯했다.

"아……!"

"사저!"

"장문인!"

"스승님!"

현기증에 다리의 힘이 풀린 연정을 연운과 연화가 동시에 부축했다. 연진도 너무 놀라 달려들어 왔다. 연심은 그저 같은 표정으로 앉아 있을 뿐이다. 마치 지금의 이 사태에 아무런 연관이 없는 사람처럼 보였다.

"그자의 이름이 무엇이냐?"

연진의 날카로운 목소리에 속가제자가 얼른 대답했다.

"진파랑이라 했습니다!"

"진파랑?"

"진파랑."

모두들 진파랑의 이름을 마치 한 떼의 종달새처럼 노래했다. 종달새가 모인 그곳에선 진파랑이란 이름이 수없이 흘러나오고 있다.

연운은 연정을 편안하게 눕힌 뒤 말했다.

"내 강호에 연심과 관련하여 불미스러운 소문이 있다는 것을 알고 있었다. 하나 지나가는 바람이라 생각하고 그냥 두었더니 감히 본 파에 찾아왔단 말이더냐? 괘씸한지고."

연운이 노기를 보이자 연자배의 여승들도 덩달아 매우 화난 표정을 보였다. 그때 누워 있던 연정이 눈을 번쩍 뜨며 일어섰다.

"시험은 여기까지다. 가자!"

연정은 큰 목소리로 말한 뒤 복호사로 향했고, 그녀의 뒤로 연자배의 여승들과 정자배의 제자들이 우르르 따라갔다. 족히 백 명이 넘는 인원이고 아미파의 거의 모든 제자가 다 복호사로 가는 중이다. 그녀들에게 연심의 마음은 중요한 게 아니었다. 연심의 정인이라 밝힌 그 남자가 중요했다.

"휴……."

여전히 앉아 있던 연심의 입에서 깊은 한숨이 흘러나왔다. 그녀는 고개를 돌려 멀어지는 아미파의 제자들을 쳐다보았다.

앞으로 어떤 일이 벌어질지 그녀도 짐작하기 어려웠다. 하지만 기분이 나쁘지는 않았다. 결국 그가 찾아왔기 때문이다.

*　　　*　　　*

방원 이십여 장 정도의 연무장에 홀로 서 있는 진파랑은 사방에서 자신을 쳐다보는 여자들의 시선에 부담감을 느끼고 있었다. 거기다 사각형으로 이루어진 삼 층 건물이 연무장을 중심으로 담처럼 싸고 있었는데 정면은 불상이 놓인 대전이고 삼면은 숙소인 듯했다. 그곳에서도 소녀들이 호기심 가득한 얼굴로 고개를 내밀고 있다.

"얌전한 고양이가 먼저 뛴다더니 설마 연심 사숙님께 정인이 있을 줄이야."

"정말 정인일까?"

"안 그래도 본 파에 찾아오는 혼약자들이 가끔 있잖아? 연인이라는 둥 말이야. 알고 보면 다 거짓이었잖아?"

소녀들의 목소리가 여기저기서 흘러나오고 있다.

진파랑은 가볍게 미소를 보였고, 곧 대전에서 연이가 모습을 보였다. 그녀는 굳은 표정으로 살벌한 기도를 내뿜고 있었다. 다른 사람도 아닌 연심의 정인이라 소개하는 남자가 왔기 때문이다. 마음 같아서는 다리를 부러뜨려 내쫓고 싶었지만 일단 위에 알리는 게 먼저라 생각했다.

"이리 오게나."

연이의 말에 진파랑은 앞으로 걸었다. 정면에 위치한 대전 앞에 다탁이 있고 그곳으로 안내했다. 연이와 진파랑이 자리에 앉았다.

"연심의 정인이라 했는데, 그건 연심도 알고 있다는 소리인 겐가?"

연이의 딱딱한 목소리가 울렸다. 십 대 후반의 제자가 곁에서 그녀의 앞에 차를 따르고 진파랑의 앞에도 따랐다.

쪼르륵!

찻잔에 찻물이 담기자 진파랑은 긴장하고 있던 마음이 조금은 풀리는 것 같았다. 연녹색 찻물이 맑고 투명하게 마음을 비추었고, 연심의 눈동자를 보는 듯했다.

"물론입니다."

"훗!"

연이의 입술에 가벼운 미소가 걸렸다. 진파랑의 당당한 대답이 마음에 들었기 때문이다. 하지만 기가 막히고 코가 막히는 상황이 아닐 수 없었다.

연심은 아미파의 얼굴이기도 하고 아미파의 검이기도 했다. 또한 아미파가 곧 연심이었다. 연심은 그 정도로 큰 의미가 있는 인물이고 아미에선 절대로 내줄 수 없는 사람이었다. 그런데 갑자기 웬 남자가 나타나 연심을 내놓으라고 하니 화가 날 수밖에 없었다. 그런 마음은 연이뿐만 아니라 연자배의 모든 제자가 다 같을 것이다.

"기백은 있구려."

"칭찬으로 생각하지요."

"칭찬이오."

연이의 말에 진파랑은 최대한 자연스러운 미소를 보이려 했다. 하지만 쉬운 일은 아니었다. 왜냐하면 연무장에 가득 모여든 속가제자들 때문이다. 그녀들은 궁금한 얼굴로 좀 더 가까이 오려 했지만 연이 때문에 다가오지 못하고 있었다. 문가에 기대어 얼굴만 내밀고 있는 여제자도 있었다.

십 대 초반에서 후반까지 다양한 연령대의 소녀들이었고, 그녀들은 남다른 호기심으로 접근해 왔다.

진파랑은 고개를 돌려 문가에 얼굴만 내밀고 있는 십 대 초반의 소녀들에게 손을 들었다.

"꺄르르르!"

그 작은 행동 하나에 소녀들은 크게 웃고 즐거워했다. 그녀들의 순수함은 티끌 하나 없는 깨끗한 거울을 보는 듯했다.

"굉장히 밝고 좋은 곳 같습니다."

"좋은 곳이네."

"남자 제자는 안 받습니까?"

진파랑의 물음에 연이가 손을 저었다.

"남제자는 받지 않는다네."

딱 잘라 대답하는 그녀였다. 그때 문가에 기대어 고개만 내밀고 있던 소녀들 중 한 명이 궁금함을 못 참고 물었다.

"저기요, 아저씨. 저희 사숙님은 어떻게 만나신 거예요?"

그녀의 물음에 진파랑은 자신을 쳐다보는 수많은 소녀들의 초롱초롱한 눈빛을 둘러보았다. 연이도 매우 궁금한 표정을 보였다.

"어떻게 만난 겐가?"

"첫 만남이요, 첫 만남."

소녀의 목소리가 연이의 뒤를 이어 다시 들렸고, 진파랑은

난감한 표정을 보였다. 하지만 그녀들의 물음에 그때의 추억
이 떠올랐다.

　많은 사람들이 오가는 시장을 걷다 기묘한 기분이 들어 고
개를 들었다. 하지만 눈에 보이는 것은 수많은 사람들이 오가
는 모습과 바쁘게 살아가는 현장뿐. 어디에도 자신의 전신을
자극하는 기운은 없었다. 그런데도 진파랑은 앞을 쳐다보고
있었다. 마치 심장이 터질 것 같고 전신의 솜털이 곤두서는
것 같은 이런 기분은 태어나서 처음으로 경험하는 일이었다.
　쏴아아아!
　갑작스럽게 소나기가 내렸다.
　타닥!
　그 많던 사람들이 빗소리에 놀라 사방으로 흩어졌다. 마치
연못에 모여 놀던 올챙이들이 사람의 손길에 놀라 흩어진 것
처럼 그렇게 모두 어디론가 사라져 버렸다.
　사람이 없는 시장 길은 썰렁했고 진파랑은 홀로 서 있었다.
아니, 다른 한 사람이 또 있었다. 그 사람은 진파랑은 쳐다보
고 있었다. 그리고 그 사람 때문에 진파랑은 걸음을 멈추고
비를 맞아야 했다.
　긴 머리카락이 허리 밑까지 내려온 그녀는 우산을 들고 있
었다. 떨어지는 빗줄기 사이로 보이는 그녀의 모습은 마치 하
늘 위에 서 있는 검과도 같았다.

바닥에 떨어지는 빗방울 소리와 우산에 부딪치는 빗소리가 진파랑의 귀를 어지럽혔다. 하지만 진파랑의 눈에 담긴 그녀의 모습엔 평생 잊을 수 없는 강렬함이 있었다.

진파랑은 차를 마시며 목을 적셨다. 그의 입술이 열리기를 기다리는 많은 제자들이 어느새 그와 연이의 주변으로 모여들었다.

"그날은 비가 내리는 날이었소."

비가 내렸다는 한마디에 여기저기에서 탄성이 흘러나왔다. 연이도 호기심을 이기지 못하고 눈을 크게 뜨며 진파랑의 말에 귀를 집중했다.

"시장 길을 걷고 있었는데 갑자기 비가 내리니 사람들은 모두 비를 피해 지붕 밑으로 숨었소. 그런데 그녀는, 아니, 연심은 비를 피하지 않았지요. 그녀의 손에 우산이 있었기 때문이오. 우산을 든 그녀의 모습은……."

사실 이런 설명을 잘 못하는 진파랑이다. 누군가에게 자신의 일에 대해 말해주려면 몇 번이고 고민해야 할 것이다. 사실 이렇게 이야기를 하는 것도 다 이야기하는 데 소질이 있는 사람들이나 재미있게 할 수 있었다.

진파랑은 그 부분에서 소질이 없는 듯했다. 진파랑은 짧은 한숨을 내쉰 뒤 한마디 더했다.

"아름다웠소."

　　　　　*　　　　　*　　　　　*

"꺄아악!"

"어머머!"

"끼악!"

여기저기에서 들리는 비명 소리와 간드러지는 웃음소리가 혼란스럽게 장내에 퍼지고 있다. 닭살이 돋는다는 듯 소매를 걷고 팔뚝을 만지며 눈을 크게 뜨는 소녀들도 보였다. 진파랑은 그저 그녀들의 모습에 가볍게 미소만 던질 뿐이다.

"그 이후에는 어떻게 되었는가?"

수양을 오래 쌓은 연이였지만 호기심을 이기지 못한 듯 흥미로운 눈빛으로 진파랑을 재촉했다. 그녀도 궁금한 게 매우 많은 듯했고 그것을 풀고 싶어 했다.

"그 이후에는⋯⋯."

말을 하려던 진파랑은 그다음 비 오는 날 먼지 나게 맞았다는 말을 차마 할 수가 없어 잠시 망설였다.

"누구냐!"

휘리리릭!

우렁찬 외침 소리에 지붕을 넘어 연무장에 내려온 인물은 연운이었다. 그녀가 황급히 먼저 달려온 것이다.

"사저."

연이가 일어나 연무장으로 나가자 진파랑도 따라서 나갔다. 주변에 있던 소녀들은 연운의 등장에 마치 작은 새 떼가 푸드득거리며 나무에서 날아가는 것처럼 사방으로 흩어졌다. 지저귀는 소녀들의 목소리도 순식간에 사라졌다.

"후배 진파랑이 인사드립니다."

공손히 허리를 숙이며 인사하는 진파랑의 모습에 연운은 그의 기도가 남다르다는 것을 간파했다. 거기다 외모도 자신이 볼 때는 사내처럼 잘생겼고 늠름해 보였다. 눈빛 또한 깊어 그의 내력도 상당하다는 것을 알았다. 찰나의 순간에 그의 모든 것을 파악한 그녀였다.

그녀는 늘 연심에게 남자가 생기면 최소한 무당의 청공 정도는 되어야 한다고 단호하게 잘라 말했다. 그 말을 할 때마다 다른 연자배의 사매들도 고개를 끄덕였다고 한다. 하지만 어디 그게 말이 되는 소리일까? 천하에 무수히 많은 젊은 청년들 중 청공 같은 인물은 두 명이 없었다.

청공은 오직 한 명, 청공뿐이었고 그걸 잘 아는 그녀들이었기에 그런 남자는 절대 없을 거라 확신해서 하는 말이었다.

"진파랑이라… 요 근래 명성이 높아진 고수라 들었네."

"허명일 뿐입니다."

연운은 진파랑이란 이름을 익히 알고 있었기 때문에 고개를 끄덕였다. 하지만 여전히 강한 기도를 내뿜고 있었으며 눈빛은 차갑게 진파랑의 아래위를 낱낱이 살피는 듯했다.

"자네가 우리 연심의 정인이라 밝혔다는데 그게 사실인가?"

"물론입니다."

다시 한 번 소란스러운 소리가 사방에서 들렸다. 연운이 굳은 표정으로 말했다.

"설령 그게 사실이라 하더라도 마음대로 연심을 만나게 할 생각은 없네."

연운은 절대 연심을 내줄 수 없다는 듯 확고부동한 모습이다. 진파랑은 그러한 연운의 모습에 빠르게 말했다.

"저는 연심을 만나려고 온 것이 아니라 데려가기 위해 왔습니다."

"헉!"

"그, 그게 무슨 소리인가?"

너무 놀란 연이가 당황한 듯 물었다. 연운은 저도 모르게 어이없다는 듯 눈을 크게 뜨고 진파랑을 쳐다보았다.

"데려가려고 왔습니다."

"허락할 수 없네!"

"말도 안 되는 소리!"

연운과 연이가 동시에 외쳤고, 그사이 우르르 하는 발소리와 함께 연정을 비롯한 아미파의 제자들이 모습을 보였다. 그녀들이 모두 연무장으로 들어와 반원을 그리며 진파랑을 포위하듯 둘러쌌다. 수많은 여제자가 진파랑을 노려보고 있었으며 그 가운데 연정이 있었다.

"자네로군."

연정이 나서자 연운과 연이가 공손히 뒤로 반보 물러섰다. 진파랑은 본능적으로 그녀가 아미파의 장문인인 연정이란 것을 알았다.

"후배 진파랑이 인사드립니다."

"연정이라 하네."

"명성은 익히 들어 잘 알고 있습니다. 이렇게 뵙게 되어 영광입니다."

"영광은 그만하고 자네가 정말 연심의 정인이란 말인가?"

연운이 물은 것을 연정이 다시 물었고, 진파랑은 빠르게 대답했다.

"그렇습니다."

"연심도 알고 있나?"

"예."

진파랑의 대답에 순식간에 많은 소요가 일어났다. 주변에 늘어선 아미파의 제자들이 웅성거리며 진파랑을 살폈다. 진파랑은 수많은 여자들의 시선을 한 몸에 받고 있자니 알몸이 된 듯한 기분이 들었지만 당당해야 한다고 생각했다.

진파랑은 어깨를 펴고 연정의 시선을 피하지 않았다.

"연심을 데려가겠다고 하더군요."

연운의 말에 연정의 눈빛이 흔들렸다.

"절대 허락할 수 없네."

"이유가 무엇입니까?"

"이유는 없어."

연정의 대답은 짧고 강했다. 진파랑은 쉽지 않겠다는 생각이 들었다. 연심이 가고 싶다고 한다면 모두 풀릴 거라 생각했지만 아미파에서 절대로 가만있을 것 같지가 않았다.

'어렵구나.'

진파랑은 속으로 깊은 한숨을 내쉬었다. 그때 그의 귀로 속삭이는 목소리들이 들렸다.

"도둑놈."

"날강도 같은 놈."

"다른 사람도 아닌 연 사숙을 데려가겠다고? 미친 거 아니야?"

"말도 안 돼."

여기저기서 들리는 목소리는 분명 나쁜 뜻이 담겨 있었다. 환영받지 못하는 객이란 것을 알게 해주었다.

"연심은 어디에 있느냐?"

"오는 중이에요."

연풍의 대답에 연정은 고개를 끄덕인 뒤 진파랑을 노려보았다. 그녀는 자신의 손으로 먹이고 재우고 입히고 놀아주던 연심을 떠올렸다. 자신에게는 딸과 같은 사매였다. 그런 연심을 데려가겠다고 하니 당연히 화가 날 수밖에 없었고, 마치 자신의 심장을 꺼내 가겠다는 소리처럼 들렸다.

연정의 눈에도 진파랑은 도둑으로 보일 수밖에 없었다. 하지만 장문인이었기에 그러한 생각과 마음을 최대한 억누르고 참으려 했다. 그래도 감정이 잘 조절되지 않고 있었다.

"연심이 본 파에 어떤 의미인지 알고 데려가겠다는 건가?"

"비중이 크다는 것은 잘 알고 있습니다."

"잘못 알고 있네."

연정은 진파랑의 말을 자르며 말했다. 곧 그녀는 차가운 목소리로 다시 말했다.

"연심은 아미이네. 자네는 아미파에 와서 아미를 데려가겠다고 하는 것이네. 각오가 되어 있는가?"

진파랑은 연정의 진지한 목소리에 굳은 표정을 보였다. 그 말은 절대로 쉽게 그녀를 내줄 수 없다는 의지였고 함부로 그녀를 넘보지 말라는 경고이기도 했다.

진파랑은 이미 각오했다는 표정으로 대답했다.

"그렇다면 저는 아미파와 혼인을 하겠습니다. 연심에게 청혼을 할 것이며 그녀와 혼인할 것입니다. 그녀는 제 사람입니다."

"와아아아!"

"오오!"

"몰라!"

진파랑의 낮고 굵은 목소리가 사방으로 울리자 아미파의

제자들이 일제히 환호하면서 좋아했다. 그의 강한 의지와 기백 때문이다. 그때 가벼운 발소리와 함께 연심이 모습을 보였다. 그녀가 안으로 들어오자 제자들이 길을 열었고, 그녀는 진파랑을 향해 시선을 던졌다.

연심의 투명한 눈빛을 받은 진파랑은 저도 모르게 미소를 입가에 걸고 말했다.

"얼굴 한번 보기가 이렇게 힘들 줄은 몰랐소이다."

"그럼 쉬울 줄 알았나요?"

연심은 당연하다는 듯 투명한 눈빛으로 무심하게 대답했다. 그녀의 대답을 들은 연정은 설마 하는 생각을 하다가도 확실히 하기 위해 물었다.

"정말 네 정인이냐?"

연정의 물음에 연심이 고개를 끄덕였다.

"네."

"아……."

"장문 사저!"

"스승님!"

"사저!"

순간적으로 비틀거리는 연정을 향해 연풍과 연이가 달려들었고, 정선이 뒤에서 빠르게 다가왔다. 연이와 연풍이 부축해서야 정신을 차린 연정은 순간적으로 노기를 보였다.

"이럴 수는 없다. 이건 현실이 아니야. 내 검! 내 검은 어디에 있느냐? 내 지금 당장 저 환영을 베어야겠다!"

연정이 순간적으로 흥분했는지 자신의 검을 찾자 연운이 말렸다.

"사저, 검은 금정사에 있으니 그만 참으세요."

연운이 얼른 말하자 연정은 자신의 실수를 알았는지 곧 길게 심호흡을 하며 마음을 가라앉혔다. 그녀가 이렇게 흥분한 것은 근 십 년 만의 일이다. 연운은 재빨리 연이에게 눈치를 주며 연운을 부축한 채 후원으로 향했다.

연이가 얼른 진파랑에게 말했다.

"오늘은 장문 사숙께서 기분이 좋지 않으시니 내일 다시 얘기하기로 하세나."

"예."

진파랑의 공손한 대답에 연이는 가볍게 미소를 보이며 고개를 끄덕였다.

"정림은 진 소협을 객실로 안내해 주게."

"예."

정림이 앞으로 나서서 진파랑을 객실로 안내하려 했다. 하지만 진파랑은 걸음을 옮기지 못했다. 연심이 아직 서 있기 때문이다. 그녀의 눈동자에 언뜻 수심이 보이자 진파랑은 걱정스러운 마음이 들었다.

"연심아."

"예."

연이의 부름에 연심은 진파랑을 향하던 시선을 거두었다.

"따라오너라."

"예."

연이가 연심을 데리고 가자 진파랑은 깊은 한숨을 내쉬며 정림에게 고개를 돌렸다.

"이쪽으로."

정림이 먼저 걸어나가자 진파랑은 힘없는 발걸음으로 뒤를 따랐다.

＊　　　＊　　　＊

다음 날 아침이 되자 진파랑은 깨끗하게 목욕을 하고 대청으로 향했다. 그곳에는 연정을 비롯한 연자배의 여승들이 대거 앉아 있고, 연무장을 중심으로 사방에는 정자배의 제자들과 속가제자들이 늘어서 있다.

연심은 한쪽에 서 있었는데 그녀의 표정은 어제와 달라진 게 없었기 때문에 생각을 읽을 수는 없었다. 하지만 어제보다는 좋아 보이는 것 같았다.

"어서 오게."

연정의 말에 진파랑은 포권하며 인사했다.

"본의 아니게 심려를 끼쳐 드려 죄송합니다."

연정은 대답 없이 고개만 끄덕였다. 여전히 그가 곱게 보이지는 않는 모양이다. 하지만 어제보다는 한결 좋아진 안색이고 눈빛도 맑았으며 기도 역시 달랐다.

"연심을 데려가겠다면 자네의 실력을 보여야 하네."

"제 실력을 말입니까?"

"그렇지."

연정의 대답에 진파랑은 자신감 있는 표정을 보였다. 연운이 이어서 말했다.

"우리 모두를 설득할 수 있는 그런 실력을 보여야 할 것이네. 적어도 안심하고 연심을 맡길 수 있을 정도의 사내는 되어야 할 게 아닌가?"

"거기다 자네는 천문성과도 깊은 원한이 있는 것으로 알고 있네."

연이가 이어서 말했다. 연정이 다시 말했다.

"천문성과 싸운다면 천문성으로부터 우리 연심을 지켜야 할 텐데 자신이 있는가? 아니, 그 정도의 무공은 가졌기 때문에 자신 있게 이곳에 와서 연심을 달라고 했겠지."

연정의 말에 진파랑은 시선을 돌려 연심을 쳐다보았다. 그녀는 그저 담담한 표정을 보일 뿐이다. 하지만 눈은 웃고 있는 듯했다. 그건 그만이 알아볼 수 있는 변화였다.

진파랑이 말했다.

"저는 두 번이나 죽었습니다."

그의 말에 모두의 시선이 그에게 집중되었다. 죽었다는 말 때문에 장내의 모든 눈이 그를 향하게 된 것이다. 진파랑은 다시 말했다.

"그리고 두 번을 더 살게 되었습니다. 제가 살게 된 그 두 번 중 한 번은 연심 때문입니다. 저는 여기에 와서 그냥 돌아갈 생각이 없습니다. 그리고 세 번이나 죽을 생각도 없으며 여기에 가벼운 마음으로 온 것이 아닙니다. 저는 그녀에게 목숨을 걸 것입니다."

진파랑은 단호하게 절대 그녀를 포기 않겠다는 의지를 보였다. 목숨을 걸고서라도 그녀를 데려가겠다는 그의 말에 연정의 표정이 굳어졌다.

"좋네, 자네의 실력을 보여주게나. 오행진을 펼쳐라."

연정의 말에 미리 준비하고 있는 다섯 명의 정자배 제자들이 연무장에 나섰다. 그녀들은 모두 진검을 들고 있었으며 가장 중앙에는 정선이 서 있었다.

"백 초 안으로 오행진을 무너뜨리면 인정해 주겠네."

"십 초로 하지요."

진파랑의 미소에 모두의 표정이 굳었다.

*   *   *

"본 파의 오행진을 매우 무시하는 말이로군."

"그만큼 자신이 있다는 뜻이겠지요."

"과연 그런지 한번 두고 봐야겠지요."

연자배의 여승들이 노기를 보이며 강한 기도를 내뿜기 시작했다. 진파랑의 도발이 마음에 안 들었기 때문이다. 또한 이것은 그들의 자존심이 걸린 문제이기도 했다.

진파랑은 자신이 있었다. 다섯 명의 정자배 제자들의 무공을 가늠해 볼 때 십 초면 충분해 보였기 때문이다. 아무리 뛰어난 검진을 펼쳐 차륜전을 펼친다 하여도 파검으로 그녀들의 검을 모두 부러뜨리면 그만이다. 그리고 그 정도의 실력은 충분히 있었다.

"잠깐만요."

한쪽에 서 있던 연심의 입이 열렸고, 그녀의 낮은 목소리에 모두의 시선이 집중되었다. 진파랑은 고개를 돌려 그녀를 쳐다보았다. 그녀의 눈빛은 여전히 맑고 투명한 빛을 띠고 있었다. 연정은 연심의 목소리에 시선을 돌리며 말했다.

"왜 그러느냐?"

그녀의 물음에 연심이 진파랑을 쳐다보며 말했다.

"그의 무공은 무당의 청공과 비교할 때 절대 뒤떨어지지 않아요. 그러니 그의 말처럼 십 초 안에 오행진은 깨질 거예요. 진 소협은 분명 파검으로 검을 부러뜨리는 수를 생각할 거예요."

연심의 말이 끝나기가 무섭게 여기저기에서 수군거리는 말소리가 들렸다. 진파랑은 살짝 실망한 표정으로 말했다. 하지만 눈은 따뜻하게 미소를 그리고 있었으며 그녀의 말에 불만은 없었다. 아니, 있을 수가 없었다. 단지 서운할 뿐이었다.

"데려가려고 왔는데 방해하는 이유는 무엇이오?"

"아직 저는 아미파의 사람이니까요."

그녀의 대답에 진파랑은 짧은 숨을 내쉬며 고개를 끄덕였다. 그녀의 말이 틀린 게 아니었기 때문이다.

"본 파의 자존심을 지켜야 하니 서운하다고 생각하지 마세요. 그리고 쉽게 얻을 수 있는 것은 없어요."

연심의 말에 진파랑은 작은 소리로 웃었다. 그녀의 말은 곧 의지를 보여달라는 말과도 같았기 때문이다. 자신을 사랑한다면 그만큼 보여달라는 뜻이다.

고민하는 연정에게 옆에 있던 연운이 말했다.

"우리 연심이 마음에 둔 인물입니다. 쉽게 상대할 수는 없을 듯하니 연심의 말을 듣기로 하지요."

"흐음……."

연정은 고개를 끄덕이다 곧 연진에게 시선을 던졌다.

"진 사매가 나서게."

연진이 기다렸다는 듯이 앞으로 나섰다.

"예, 장문 사저."

연진이 검을 들고 앞으로 나섰고, 연무장에 있던 다섯 제자 중 가장 막내가 뒤로 빠졌다. 정선은 자연스럽게 우측으로 자리를 옮겼다.

연진은 생사의 문을 가르는 수(水)의 자리에 서 있었다. 가장 중요한 자리이고 힘든 자리이기도 했다.

그녀의 기도는 절정을 달렸으며 검을 들고 서 있는 모습 자체가 사내만큼 기백이 있었다. 진파랑은 잠시 고민스러운 표정으로 목검을 눈앞에 들었다. 그 모습을 본 연심이 오랜만에 미소를 입가에 그리며 말했다.

"목검으로 하실 건가요?"

"아니, 진검으로 하겠소."

진파랑은 목검을 한쪽에 내려놓고 대답했다. 그 모습에 연심이 다시 말했다.

"진검으로 한다면 십 초면 충분하겠군요."

반 농담 같은 협박과도 같은 말이다. 진파랑은 살짝 굳은 표정을 보였다. 곧 제자 한 명이 진파랑의 손에 검을 들려주었다.

"검이라……. 검은 잡아본 적이 없는데… 혹시 내 도를 쓰면 안 되겠소?"

진파랑의 물음에 연심이 손을 저었다.

"검으로 하세요."

그녀의 말에 옆에서 듣던 연이가 투덜거리며 말했다.

"결국 걱정하는 거로군. 거기다 십 초로 실력을 증명하라는 것을 보아하니 많이 생각하는 것 같아 보기가 싫구나. 오늘따라 네가 미워진다."

"죄송해요."

연이는 연심의 사과에 가볍게 소매로 입술을 가리며 웃었다. 진파랑이 어느새 연무장의 가운데 서 있자 연이는 그의 모습을 바라보며 말했다.

"어디 한번 네 남자의 실력을 보자꾸나."

"실망하지 않을 거예요."

그녀의 대답에 연자배의 모든 여승이 눈살을 찌푸리며 지그시 연심을 노려보았다. 모두의 시선이 한순간에 쏠리자 연심은 모르는 척 고개를 돌려 진파랑의 모습만 쳐다보았다.

검을 손에 쥔 진파랑은 다섯 명의 아미파 제자들을 바라보며 그들의 자세를 살폈다. 가장 끝에 선 두 명이 이 보 앞에 나와 있고 가운데 있는 연진이 뒤로 이 보 나가 있는 상태이다. 중간의 두 명은 연진보다 일 보 앞에 서 있다. 연진이 가장 깊숙한 곳에 자리를 잡은 형태이다.

연진의 목소리가 들렸다.

"오행진은 팔괘에 근간을 둔 다른 검진과 다르게 자연의 법칙을 따르지요."

"검진 자체가 처음이기에 팔괘니 오행이니 이런 부분에 대해선 솔직히 모르겠소. 그냥 내 식대로 하겠소이다."

진파랑의 대답에 연진이 검을 늘어뜨리며 말했다.

"일식."

그녀의 말이 끝나기가 무섭게 좌우 끝에 서 있던 정선과 정림이 발 빠르게 앞으로 나섰다. 쉬쉬 하는 검 소리와 함께 두 개의 검이 좌우에서 목과 허리를 베어왔는데 곡선의 변화가 있어 쉽게 막기 어려운 초식이었다.

정림의 검은 왼쪽에서 오른쪽의 반원을 그렸고, 정선의 검은 그 반대로 오른쪽에서 왼쪽의 반원을 그리는 움직임이었다. 하지만 진파랑은 막을 생각이 없는 듯, 기다렸다는 듯 몸을 비스듬히 한 후 좌우의 검을 향해 파검을 펼쳤다.

쉭!

그의 검에서 유형의 기운이 솟구침과 동시에 강한 빛이 보였다. 그 찰나 정선과 정림이 마치 한 호흡처럼 동시에 뒤로 빠졌고, 진파랑의 검이 빈 허공을 갈랐다.

팟!

연진의 신형이 앞으로 세 발 나오며 두 개의 검 그림자가 진파랑의 단전을 노리고 들어왔다. 연진의 검을 막기 위해선 진파랑은 뒤로 반보 물러서야 할 상황이다. 하지만 신형만 옆으로 비틀어 피하며 검을 내려쳤다. 연진의 신형이 뒤로 물러섰고, 진파랑의 검이 다시 한 번 허공을 갈랐다.

그사이 중간에 서 있던 두 제자 정인과 정화의 검이 날아들자 진파랑은 인상을 굳히며 검을 옆으로 쳐올렸다.

따당!

금속음과 함께 두 개의 검이 반으로 조각나 허공으로 솟구쳤다. 그 모습을 본 연정이 굳은 표정으로 크게 말했다.

"연진은 난화검법을 펼치고 나머지는 들어오거라!"

따다다당!

금속음이 요란하게 울리며 진파랑의 앞에 부채꼴 모양으로 연진의 신형이 환영처럼 지나가고 있다. 그 둘 사이에 일어난 검의 그림자가 매우 빠르게 나타났다가 사라졌다.

진파랑은 검에 익숙지 않았기 때문에 자신의 실력을 모두 발휘하지 못하고 있었다. 검이 가지고 있는 장점을 잘 모르기 때문에 도를 쓰듯 사용하고 있었다. 그렇기 때문에 자신의 검력을 충분히 검에 전달하지 못하고 있었다.

연진의 검은 매우 빨랐고 변화무쌍했지만 연심에 비할 바는 아니었다. 아미파의 대표적인 검법이기에 진파랑은 연진을 통해 난화검법의 다양한 변화를 읽고 있었다.

"제법이야."

"좋군요."

연정의 입술이 열렸고, 옆에 서 있던 연운이 고개를 끄덕였다. 구경하는 제자들도 재미있다는 듯 집중하고 있다.

연진의 검이 난화불식과 난화청매의 변화로 이어지자 연정의 입이 열렸다.

"연옥은 소청검법을 펼쳐라!"

휘리릭!

연정의 말이 떨어지기가 무섭게 큰 키에 호리호리한 체형의 연옥이 허공으로 뛰어올라 진파랑의 머리 위로 검빛을 뿌렸다.

쉭쉭!

부챗살처럼 늘어나는 그녀의 검에 진파랑은 재빨리 검을
들어 막았으며, 연진이 어느새 뒤로 물러나 자신의 자리로 돌
아갔다. 사실 그 찰나의 틈이 지금까지의 모든 빈틈 중 가장
컸으며 진파랑의 발이 움직일 기회였다. 그러한 기회를 두고
도 그냥 들어간 연진이다.

따당!

금속음과 함께 진파랑의 주변으로 원을 그리는 연옥과 몸
을 돌리며 원형으로 그녀의 검을 막고 있는 진파랑의 모습이
이어졌다.

부챗살처럼 늘어난 검은 진파랑을 인정사정없이 휘몰아쳤
고, 진파랑은 몸을 비스듬히 선 앞발로 원을 그리고 뒷발을
움직이며 검을 막고 있었다. 피할 수 있는 것은 상체의 움직
임으로 피했고, 연옥의 빈틈으로 검을 찔러 넣기도 했다.

"실전 경험이 풍부한 친구로군."

"재미있구나. 의자를 가져오거라."

연이가 중얼거리자 연정이 흥미롭다는 듯 미소를 보인 뒤
크게 말했다. 그녀의 말에 제자들이 의자를 가져왔고, 연자배
의 여승들이 연무장을 중심으로 넓게 퍼져 의자에 앉았다.

연정의 좌측과 우측에는 연이와 연운이 앉아 있고 그 바로
뒤에 연심이 서 있다. 연정은 슬쩍 시선을 돌려 연심을 살폈

다. 그녀의 표정은 크게 변화가 없었으며 오히려 여유 있는 듯 보였다. 진파랑의 실력을 잘 알기 때문에 보일 수 있는 표정이다.

"흐음, 음……."

좌측에 앉은 연이가 어깨를 살짝 들썩였다. 그녀는 흥분한 듯 상당히 재미있다는 눈빛으로 진파랑의 움직임을 살피고 있었다. 연이의 무릎 위에는 다른 제자들과 달리 큰 중검이 있었는데 손잡이 부분이 조금 긴 것이 특징이었다.

"한 발자국도 움직이게 하지 못하다니 본 파의 검법이 부족한 것이냐, 너희의 수련이 부족한 것이냐? 연산은 나가 운정검법을 펼쳐라."

"예."

쉬릭!

우측 열에 앉아 있던 연산이 일어나 걸어나가며 십여 개의 검기를 뿌림과 동시에 연옥이 자리로 돌아와 의자에 앉았다.

따다당!

금속음과 함께 연산의 검기를 받은 진파랑의 신형이 살짝 흔들렸지만 그게 다였다. 운정검법의 무거운 검력이 진파랑을 압박하며 그를 밀어내고 있었지만 진파랑은 요지부동이었다. 그는 여전히 뒷발만을 이용해 몸을 틀며 연산의 검을 막아내고 있었다.

"연심도 준비하거라."

"예."

"사저."

옆에 앉은 연이의 목소리에 고개를 돌린 연정은 잠시 당황했다. 연이의 눈빛이 마치 먹을 것을 달라는 아이처럼 크게 일렁이고 있었기 때문이다. 그것이 바람이고 마치 소원이라는 듯했다.

연정은 살짝 아미를 찌푸리다 할 수 없다는 듯 고개를 끄덕였다.

"연산은 들어오거라. 그리고 연이는……."

"좋구나! 호호호!"

파팟!

연정의 말이 미처 다 끝나기도 전에 연이가 자리를 박차고 앞으로 튀어나가며 중검을 뽑았다.

슈아악!

강렬한 빛과 함께 보통의 검보다 두 배는 두껍고 한 치는 더 긴 검이 진파랑을 향해 마치 꼬챙이로 찌르듯 날아왔다. 공간을 좁히며 날아드는 그녀의 모습은 신검합일의 모습과도 같았다.

"검으로는 부족해요."

연심의 표정이 처음으로 굳어지며 그녀의 목소리가 울렸다. 그건 진파랑이 도객이지 검객이 아니기 때문에 한 말이고, 연이의 실력을 잘 알기에 진파랑에게 주의를 준 것이다.

따다당!

진파랑의 신형이 처음으로 흔들리며 반원을 그리듯 연이의 검을 수십 번이나 막으며 검력을 줄였고, 연이는 신이 난 아이처럼 양손으로 검을 쥐고 진파랑을 몰아쳤다. 그녀의 보법은 유운보였고 환영처럼 움직이는 듯하면서도 양손으로 검을 베어오는 모습은 맹수와도 같았다.

*　　*　　*

땅!

강렬한 금속음과 함께 연이의 검을 머리 위로 막은 진파랑은 뒤로 반보 물러섰고, 연이는 웃으며 양손으로 검을 잡은 채 진파랑의 얼굴을 살폈다. 진파랑의 안색은 처음과 변함이 없었으며 여전히 여유가 있어 보였다. 그게 마음에 드는 연이였다.

"준비운동은 되었는가?"

"이제 어깨가 풀린 듯합니다. 하나 검을 모르니 너무 어렵습니다. 제게 너무 큰 짐을 주는 게 아닙니까?"

진파랑은 아주 짧은 시간에 연이의 무공이 연심과 비교할 때 부족함이 없다고 느꼈다. 그렇기 때문에 자신이 불리하다고 말한 것이다. 그 뜻을 알기에 연이는 고개를 끄덕였다.

"나는 네가 마음에 든다."

슥!

연이가 뒤로 물러섰고, 중검을 지팡이처럼 바닥에 꽂으며 시선을 돌렸다. 연정이 고개를 끄덕였다.

"좋다."

쉭!

연정의 소매가 가볍게 움직이자 벽에 기대어 있던 진파랑의 백옥도가 허공을 날았다. 진파랑은 자신에게 날아오는 백옥도를 손에 쥐며 포권했다.

"마음에 들면 안 되지만 마음에 드는 친구로군."

연정은 고개를 끄덕였고, 진파랑은 백옥도를 꺼내 손에 쥐었다. 백색의 도신이 빛을 발하자 강렬한 기도가 사방으로 퍼지며 지금까지와는 전혀 다른 투기가 일렁였다. 도를 손에 쥐었을 뿐인데 사람이 완전히 달라져 보였다.

그 기백에 아미파의 사람들은 모두 놀라고 있었다. 연정과 연운은 미미하게 고개를 끄덕였고, 연심의 입가에 가느다란 미소가 걸렸다.

진파랑에게 익숙한 도였고, 자신의 한 팔과도 같은 도가 돌아온 기분이 들었다.

"이제야 마음이 편합니다."

"편하다니 다행이네."

"감사합니다."

"가자."

휘릭!

말과 함께 연이의 검이 빠르게 회전하며 진파랑의 머리와 허리를 양단할 듯 날아들었다. 그녀의 검이 무거운 기운과 함께 날아들자 진파랑은 우측으로 물러서며 검풍의 범위에서 벗어났다. 그런 진파랑은 파랑도법을 펼치며 연이의 허리를 베어갔다.

그의 신형이 갑작스럽게 낮은 자세로 밀려오자 연이는 검을 밑으로 내려 땅을 찍으며 막았다.

땅!

강력한 금속음과 함께 불꽃이 튀었고, 진파랑의 신형이 다시 뒤로 일 보 물러서자 검을 들어 올린 연이가 연속적으로 진파랑을 찔러왔다. 중검을 송곳처럼 찔러오자 이것도 막는 게 쉽지 않았다.

따다당!

강한 도력이 담긴 그의 도가 중검을 막자 불꽃이 튀었다. 그 순간 연이는 뒤로 물러선 뒤 중검을 바닥에 내려놓았다.

"내 검을 가져오너라."

연이의 말에 그녀의 제자가 두 개의 검을 들고 그녀의 앞에 내밀었다. 양손에 검을 쥔 그녀는 검집을 동시에 벗긴 뒤 앞으로 한 발 나섰다. 그녀의 제자는 중검을 쥐고 무겁다는 표정으로 물러났다. 그 모습에 진파랑은 재미있는 듯 미소를 입가에 걸었다.

총총걸음으로 중검을 품에 안고 물러서는 제자의 모습이 다람쥐 같았기 때문이다. 하지만 정신을 다른 곳으로 계속 돌릴 수는 없었다. 연이의 신형이 어느새 환영처럼 앞에 나타났기 때문이다.

파팟!

그녀의 신형이 앞으로 나서는 듯하더니 어느새 진파랑의 눈앞에 세 개의 잔상과 함께 열두 개의 검이 전후좌우를 압박하고 들어왔다. 진파랑은 동공을 가득 채운 그녀와 그녀의 검에 놀란 듯 재빨리 회전하며 도풍을 펼침과 동시에 뒤로 삼보나 물러섰다.

따다다당!

도풍의 그림자와 검 그림자가 얽혔다. 뒤로 물러선 진파랑은 쌍검을 늘어뜨린 채 서 있는 연이를 보고 살짝 눈썹을 찡그렸다. 그녀의 기도가 아까와 달라졌기 때문이다. 좀 전에는 맹수 같은 기도를 뿌렸지만 지금은 온유한 기도를 내뿜고 있었다.

팟!

연이의 신형이 어느새 진파랑의 눈앞에서 사라졌고, 검광 하나가 이마를 향해 날아들었다. 진파랑은 도를 들어 막았다. 그 순간 다른 검 하나가 어깨를 찍고 있다. 적절한 순간에 가해진 일격이고 작은 빈틈을 노린 한 수였다.

진파랑은 굳은 표정으로 도를 위로 쳐올리며 강한 힘을 가했다. 구층연심공을 삼층까지 올린 것이다.

따당!

휘리리릭!

금속음과 함께 뒤로 튕겨 나간 연이의 신형이 허공에서 십여 번이나 회전한 뒤 땅에 내려섰다. 내려서는 순간 어느새 연이의 신형은 진파랑의 앞에 나타났고, 쐐액거리는 날카로운 소리와 함께 백여 개의 검 끝이 찔러오고 있다.

검로는 날카롭고 빨랐으며 직선 위주였다. 마치 점창의 사일검법을 보는 듯한 모습이고 그 소리 역시 공기를 찢고 있는 독특함이 있었다.

따당!

진파랑의 도가 매우 빠르게 움직이며 도면이 좌우로 흔들리는 것처럼 보였다. 그의 신형은 좌우로 빠르게 반보 정도의 거리를 두고 회전하였는데 그 움직임도 매우 독특했다.

"회선보… 화산파의 제자였더냐?"

연정은 화산파의 회선보를 진파랑이 사용하는 것에 놀란 듯 연심에게 물었다.

"그는 제가 가르쳐 준 유운보는 쓸 줄 알지만 회선보는 모르겠어요. 하나 그의 도법이 화산과 연이 있는 것은 사실이에요."

"화산과 연이 있다……. 그렇다면 검법을 배웠어야 할 터인데 도법이라니… 어떤 고인이 그를 가르쳤는지 궁금하구나."

"말씀드릴 수가 없어요."

연심의 대답에 연정이 고개만 끄덕였다. 하지만 그녀의 눈은 진파랑의 초식을 좇고 있었다.

파팟!

연이의 신형이 어느새 세 명으로 늘어나 진파랑의 전방과 좌우를 점하고 십여 개의 검 꽃을 그렸다. 진파랑의 도영 사이로 들어온 검 꽃은 유형화된 검기의 모습이고 모두 진초였다. 하나라도 스친다면 살이 잘릴 것이다.

진파랑은 혈소풍을 펼칠 수밖에 없었다. 최대한 내력을 아껴 혈소풍을 펼쳤으며, 강한 도풍과 함께 백여 개의 도 그림자가 연이를 집어삼켰다.

파파팟!

세 명의 연이는 순식간에 사라졌고, 진파랑은 머리끝이 서는 것 같은 느낌에 고개를 들었다. 그곳에 쌍검이 떨어져 내리고 있다. 진파랑의 신형이 흔들렸고, 그 순간 백여 개의 검날이 바닥을 때리며 소나기처럼 떨어졌다.

따다다당!

바닥의 돌이 갈라지고 깨져 사방으로 튀었다. 그 사이로 연이가 모습을 보이자 연정이 말했다.

"거기까지."

막 벽성파영의 초식을 펼친 뒤 연환으로 다시 진파랑을 공격하려던 연이가 신형을 멈췄다.

"여기서요?"

연이가 아쉬운 듯 묻자 연정이 고개를 끄덕였다.

"더 했다가 제자들에게 피해가 가면 어쩌려고 하느냐?"

연이는 그녀의 말에 깨진 바닥과 살짝 물러선 제자들을 둘러보며 대답했다.

"아쉽지만 그만하지요."

연이의 대답에 진파랑이 포권했다.

"즐거웠습니다. 그런데 무슨 검법입니까?"

"벽파칠십이검이네."

연이는 아미파의 비전검법 중 하나인 벽파칠십이검으로 진파랑을 상대한 것이다.

처음 들어보는 이름에 진파랑은 연이가 펼친 벽파칠십이검의 초식들을 떠올렸다. 하지만 변화가 너무 많은 검법이기에 그녀의 움직임을 모두 기억할 수는 없었다.

연이가 자리로 돌아가자 진파랑은 신형을 돌려 연정에게 허리를 숙이며 말했다.

"눈에 차지 못하더라도 잘 봐주셨으면 합니다."

"만족스러웠네."

연정은 대답한 후 제자들을 향해 시선을 돌리며 말했다.

"오늘 너희들은 강호에서도 보기 힘든 무공을 견식하게 되었다. 이는 큰 공부가 될 것이니 앞으로도 더욱 정진하여 본파의 명예를 지켜주길 바란다."

"예!"

연정의 말에 모두들 한목소리로 대답했다. 연정은 제자들의 모습에 만족한 듯 미소를 보이다 진파랑을 향해 말했다.

"따라오게나."

연정은 한마디 던진 뒤 후원으로 향했고, 연운과 연이와 함께 걸었다. 그 뒤로 연심이 걸었는데 그녀의 표정은 그리 밝지 않은 것 같았다.

진파랑은 조금 걱정스러운 마음으로 그 뒤를 따라 걸었다.

후원에 자리한 작은 정자 위에 앉은 연정이 진파랑에게 자리를 권했다. 진파랑이 자리에 앉자 연정이 조용히 입을 열었다.

"강호에 사람이 많다 하나 사람만 많을 뿐 인재가 많은 것은 아니네. 자네 같은 인재를 만나 기분이 좋네."

"높게 평가해 주셔서 감사합니다."

연정의 칭찬에 진파랑은 기뻤다. 그녀에게 칭찬을 받았다는 것은 연심에 대해서도 어느 정도 허락했다는 뜻과도 같았기 때문이다.

연정이 곧 다시 말했다.

"자네가 인재인 것은 사실이나 연심을 데려가는 일은 쉽게 결정할 일이 아니라네."

그녀의 말에 진파랑은 짧은 한숨을 내쉬며 허락받는 게 쉽지 않다는 것을 다시 한 번 느꼈다.

"쉽지 않다는 것도 압니다. 하지만 전 알면서도 온 것입니다."

진파랑은 확고한 의지를 담아 대답했고, 그 뜻을 연정이 모를 리 없었다. 연정이 다시 말했다.

"연심은 본 파에서 해야 할 일이 많은 아이이네. 그러니 서두르지 말고 기다려 주게."

연정의 말에 진파랑이 슬쩍 연심을 돌아보자 그녀가 고개를 끄덕였다. 연정의 말이 맞다는 뜻이다.

진파랑이 찾아온 것은 매우 기쁜 일이나 연정의 뜻을 거스를 수는 없었다. 거기다 이곳에서 해야 할 일이 있었다. 그것은 정혜를 가르치고 송운암을 지키는 일이었다. 연정의 목소리가 다시 들렸다.

"자네는 강호의 은원이 많은 사람이 아니던가? 그 은원이 모두 정리되면 그때 다시 찾아오게. 그때는 모든 것을 연심의 뜻에 따르도록 하겠네."

진파랑은 연정의 말에 아쉬운 듯 주먹을 쥐었다. 곧 그는 아쉬운 눈빛으로 말했다.

"데려갈 수 없다면 하루 정도는 그녀와 시간을 보낼 수 있게 허락해 주시기 바랍니다."

진파랑의 부탁에 연정은 살짝 아미를 찌푸리며 손을 저었다. 그 말은 연심과 하룻밤 묵겠다는 뜻이고 하루를 보내겠다

는 것은 초야를 보내고 싶다는 뜻처럼 들렸기 때문이다. 그것
은 허락할 수 없는 일이었다.

"그 부탁은 들이주기 이렵군그래. 남녀가 하룻밤을 함께한
다는 게 어떤 뜻인지 잘 알지 않은가? 정 만나기를 원한다면
낮에 만나게나. 송운암에 가는 것은 허락하겠네. 하나… 그것
도 단 삼 일이네."

연정의 말을 들은 진파랑은 무력을 써서라도 연심을 데려
가고 싶었다. 하지만 그렇게 할 경우 아미파를 등지게 될 것
이며 이는 연심이 바라는 것이 아닐 것이다. 마음은 강제로라
도 그녀를 데려가고 싶었지만 연심이 원하는 일이 아니기에
그러한 생각을 버린 뒤 대답했다.

"감사합니다."

진파랑의 목소리는 그리 크지 않았으며 힘이 빠져 있었다.

진파랑은 삼 일 동안 그녀를 만날 수 있다는 것에 만족해야
했고, 이 정도에서 물러서는 게 그녀를 위해서도 좋다고 생각
했다.

연정은 진파랑과 연심의 정이 자신이 생각한 것보다 깊다
고 여겼다. 그것은 연심의 얼굴에 아무런 불만이 보이지 않았
기 때문이다. 진파랑 역시 연심을 생각해서 자신의 뜻을 꺾은
듯했다.

보통의 다른 사람들이었다면 자신의 뜻을 이루기 위해 무
력이라도 행사했을 것이다. 아미파에 와서 그런 남자들이 찾

아와 행패를 부리는 모습을 자주 봤기 때문이다. 그런 사람들을 보다가 진파랑을 보니 그는 일반적인 남자들과 다르다는 생각이 절로 들었다.

"젊은 혈기를 누르고 본 파를 이해해 주니 고맙네."

"아닙니다."

진파랑은 짧게 대답했지만 대답에는 진한 아쉬움이 담겨 있다. 연정은 미소를 보인 뒤 연심에게 말했다.

"연심은 진 소협을 모시고 송운암을 안내해 주거라."

"예."

연심의 대답을 들은 진파랑은 순식간에 지금까지의 감정이 모두 사라지는 것을 느꼈다. 절로 입가에 미소를 그리며 자리에서 일어나 연심을 따라 걸었다.

두 사람이 걸어가는 모습을 지켜보던 연정은 미미하게 고개를 끄덕였고, 연운과 연이가 좌우로 다가왔다.

"정을 배우고 오라 했더니 남자를 데려왔군."

"정을 배운 증거지요."

연정의 말에 연운이 대답했고, 연이가 그 모습이 재미있는지 소리 죽여 웃었다.

第四章
안개 속의 다리

광주에서 멀지 않은 곳에 자리한 세운장의 주변으로 천문성의 무사들이 즐비하게 서 있다. 그곳으로 백여 명에 달하는 해남파의 무사들이 모습을 보인 것은 저녁 무렵이었다.

　그리 넓지 않은 서재로 안내된 해남파의 소대양은 짧은 수염에 반백의 머리를 한 중년의 인물이었다. 그는 백의를 입고 있었으며 인상 좋은 얼굴이고 늘 미소를 입가에 걸고 다니는 인물처럼 보였다.

　대해청자(大海靑子) 소대양, 해남파의 실질적인 실세 중 한 명인 그가 광주까지 직접 모습을 보인 것이다.

　그의 옆에는 그를 호위하며 보좌하는 오영이 앉아 있다.

저벅저벅!

발소리에 소대양과 오영이 자리에서 일어나 들어오는 문가호를 반겼다.

"늦어서 죄송합니다."

문가호의 등장에 소대양은 살짝 미간을 굳혔고, 오영이 물었다.

"오늘도 문 형 혼자 온 것이오?"

"아닙니다. 곧 오실 테니 걱정 마십시오."

문가호의 대답에 소대양이 고개를 끄덕였다. 그가 원하는 사람은 문가호의 위치에 있는 사람이 아니라 결정을 할 수 있는 결정권자였다. 그런 위치에 있는 사람이 와야 소대양과 이야기가 통하기 때문이다.

"듣자 하니 천문성은 강서에서 철수할지도 모른다고 하던데 사실이오?"

"그 문제는 제가 결정할 일이 아닙니다. 위에서 알아서 하시겠지요. 하나 남궁세가를 비롯해서 사대세가가 모두 모이고 그 외에 중소 문파들이 계속 모여들어 고민에 빠진 것은 사실입니다."

문가호는 사실을 말하면서도 아직 결정된 것이 없다는 듯 애매하게 대답했다. 사실적인 부분을 말한 이유는 해남파와의 관계에서 숨김이 없다는 뜻을 밝힌 것이고, 잘 모른다고 한 것은 자신들의 사기에 문제가 없다는 것을 알리기 위함이었다.

문가호의 대답에 그 의도를 알아차린 소대양이 슬쩍 미소를 걸었다.

"운중세가와 천문성의 일이야 우리하고는 아무런 연관이 없긴 하지. 우리는 광동이나 신경 쓰면 그만 아니겠나?"

"물론입니다. 거기에 광서까지 해남과 양분한다면 더없이 좋겠지요."

문가호의 대답에 소대양이 고개를 끄덕였다.

곧 발소리와 함께 일남일녀가 모습을 보였는데, 한 명은 문주영이고 다른 한 명은 홍수려였다. 홍수려는 면사를 쓰고 있었는데 그녀가 들어와 앉자 소대양의 눈이 반짝였다. 소문으로만 듣던 홍수려를 직접 보았기 때문이다.

각자 자신을 소개하며 인사를 나눈 그들은 독선문에 관해 회의를 하기 시작했다.

"그래서 우리에게 해줄 수 있는 것이 무엇이오?"

손을 잡자고 제안한 것은 천문성이었기에 소대양이 물은 것이다. 먼저 제안했다는 것은 그만큼 아쉽다는 뜻이고 해남파를 위해 큰 조건을 내걸었다는 뜻이기도 했다. 그렇지 않다면 해남파가 굳이 이 싸움에 끼어들 이유가 없기 때문이다.

"독선문을 싫어하지 않았소이까? 그들을 몰아낸다면 해안 지역은 모두 얻을 게 아니오? 우린 계림이면 충분하오."

문주영의 말에 소대양의 눈빛이 달라졌다. 그의 말은 곧 광서의 남녕까지도 해남파의 세력권이 된다는 소리와 마찬가지였기 때문이다.

"확실히 좋은 제안인 것 같소."

소대양은 문주영의 말에 흥미를 느낀 듯 짧게 대답했다. 소대양이 깊은 관심을 보이자 문주영이 미소를 보였다.

소대양이 물었다.

"문 대주의 말을 우리가 신뢰할 수 있겠소이까? 본 파가 움직이려면 천문성주의 확언이 필요하오."

소대양의 말은 천문성주의 약속을 얻어야 움직이겠다는 뜻이다.

"준비는 했소이다."

문주영은 대답 후 홍수려를 향해 시선을 던졌다. 그녀가 고개를 끄덕이며 소매에서 서찰을 꺼내 소대양에게 내밀었다.

"흠, 봅시다."

소대양은 고개를 끄덕이며 서찰을 펼쳐 읽었다.

서찰의 내용은 천문성이 광서의 해안 지역에 관여하지 않겠다는 것과 강북과의 상거래에 관여하지 않겠다는 내용이 적혀 있었다. 천문성이 해남도의 상거래를 막고 있기 때문에 해남파와 강북과의 교역이 줄어든 것은 사실이고 이는 막대한 피해를 주고 있었다. 그것조차도 허용하겠다고 적힌 내용에 소대양의 표정이 시시각각 변하더니 상당히 경직된 눈빛으로 문주영을 쳐다보았다.

"이 서찰도 중요하지만 이보다 더욱 확실한 증거가 필요하오."

천문성주의 날인이 찍혀 있는 협정서를 원하는 말에 문주영이 고개를 끄덕였다.

"소 총관께서 결정하신다면 본 성 역시 제대로 된 절차를 밟을 것이오."

문주영의 대답이 마음에 들었는지 소대양은 미소를 그렸다.

"좋소이다. 하나 이 문제는 내 선에서 결정할 사안이 아닌 듯하오. 그러니 보름 정도의 시간을 주시기 바라오."

"보름이라면 기다리지요."

"긍정적인 결과를 가져올 것이니 너무 걱정하지 마시기 바라오."

소대양의 대답은 곧 결정을 내렸다는 뜻이고 최대한 해남도의 사람들을 설득하겠다는 말이기도 했다. 그가 설득하면 해남파는 움직일 것이다.

문주영은 기분 좋은 표정으로 웃었다.

"물론이지요. 하하하하! 그날은 주안상을 준비하여 잔치를 열었으면 하오."

"모든 일이 마무리되면 그때 하기로 합시다."

"그럽시다."

문주영의 대답을 들은 소대양은 자리에서 일어나 인사를

한 뒤 오영과 함께 밖으로 나갔다. 그들이 나가자 문가호가 궁금한 듯 입을 열었다.

"독선문 내부에서도 분열이 있어 그 틈을 치고 들어갈 수가 있는데 굳이 해남파와 손을 잡는 이유는 무엇입니까? 그 의도가 궁금합니다, 형님."

문가호의 말에 문주영이 차를 따라 마시며 대답했다.

"내 손으로 코를 풀지 않겠다는 뜻이겠지."

"아……."

문주영의 말을 들은 문가호는 순간적으로 어떤 계략인지 간파한 듯 보였다.

"해남파를 전면에 세우고 뒤에서 상황을 지켜보겠다는 뜻이겠군요? 그사이 계림을 치고 들어간다면 확실히 독선문은 곤경에 처할 수밖에 없을 겁니다."

"윗사람들의 생각을 내가 어찌 알겠나? 단지 해남파를 끌어들여 과거의 은원을 정리하고 좋은 관계로 남으려는 의도로 봐야지. 난 그렇게 생각하고 싶네."

"해남파와의 관계 개선도 생각했을 겁니다. 어쩌면 신 각주님은 일석이조의 결과를 얻기 위해 해남파와 손을 잡으려는 건지도 모르지요."

"큰 것을 내주고 더 큰 것을 얻는다. 그게 신 각주님의 지론이 아니었나요?"

조용히 앉아 있던 홍수려의 물음에 문주영과 문가호는 동시에 목소리를 높여 웃었다. 그녀의 질문이 황당하면서도 당연하다는 생각이 동시에 들었다.

"더 큰 것이라면 무엇인 것 같소?"

"글쎄요. 그걸 알면 제가 신 각주님의 보좌가 되든가 그 자리에 앉아 있지 않을까요?"

그녀의 대답에 문주영과 문가호는 고개를 끄덕였고, 홍수려는 자리에서 일어섰다.

"저는 그럼 이만 가볼게요."

"잠시 앉아 계시오."

문주영의 말에 홍수려는 살짝 아미를 찌푸렸고, 문가호가 눈치껏 일어났다.

"두 분은 그럼 담소를 나누시기 바랍니다. 저는 할 일이 많아 먼저 일어나지요."

문가호가 빠르게 말한 뒤 밖으로 나가자 문주영과 홍수려만 남았다.

"두렵지 않습니까, 누님?"

문주영의 말에 홍수려는 저도 모르게 볼을 만졌다. 지금은 거의 다 사라져 흔적도 희미하게 남은 상처지만 두렵다는 말이 나오자 본능적으로 손이 움직인 것이다.

"두려움은 없어요. 전 이미……."

홍수려는 입을 다물었다.

'그때 한번 죽었으니까요.'

그녀는 진파랑과의 일을 떠올리며 그 당시의 일을 회상했다. 하지만 기분이 좋을 수가 없었다. 추억은 본래 좋은 기억으로 남겨야 했지만 상처와 함께 남은 그 기억은 후회라는 감정을 주었다.

홍수려가 더 이상 입을 열지 않자 문주영이 차를 마시며 다시 말했다.

"저는 조금 두렵습니다."

그의 말에 홍수려가 고개를 돌려 문주영을 쳐다보았다. 문주영은 그녀의 시선을 느꼈지만 고개를 돌리지 않았다. 두려움이 있다는 말을 하고 자신 있게 그녀의 얼굴을 볼 수가 없었기 때문이다.

"천하의 문 대주가 두렵다니요? 그런 말은 다른 사람에게 해서는 안 되는 말이에요."

그의 위치를 생각할 때 홍수려의 말은 어쩌면 당연했다. 문주영이 창밖을 쳐다보며 다시 말했다.

"솔직히 두렵지 않다면 그게 이상한 것이 아닙니까? 사람을 죽이고 또 내가 죽을지도 모르는 상황인데 두려움이 없다면 말이 안 되지요. 이런 싸움을 왜 그리도 좋아들 하는지… 무림이란 곳과 저는 안 어울리는 것 같습니다."

문주영의 말에 홍수려는 어떤 말을 해야 할지 몰라 잠시 망설였다. 자신이 봐도 그는 무림과 어울려 보이지 않았다.

"이런 싸움보다는 말을 타고 들판을 달리는 것이 더 좋고 연못에서 잉어를 키우는 게 더 재미있지요.”

“그래도 무림에서 살고 있잖아요. 무림이란 곳에서 우린 벗어날 수가 없어요.”

어쩌면 문주영보다 홍수려가 더 무림인에 가까운지도 몰랐다.

“벗어날 수가 없다…….”

문주영은 잠시 고민하는 표정을 보였다. 사실 그는 어릴 때 이곳을 벗어나고 싶다는 생각에 가출을 시도하기도 했지만 천문성을 빠져나간 적은 없었다. 그곳을 나가면 어떤 세상이 자신을 기다리고 있는지 몰랐기 때문이다.

그것은 두려움이었다. 그 문을 넘으며 알 수 없는 세상이 존재하고 있다는 두려움이 있었기 때문에 시도를 못 한 것이다. 그것을 스스로도 잘 알고 있었다.

“운명이에요.”

홍수려의 짧은 한마디에 문주영은 깊은 한숨과 함께 고개를 끄덕였다. 홍수려 역시 자신이 이렇게 이곳에 있는 것도 운명이라 생각했다. 그렇게라도 생각하지 않으면 힘들 것 같았기 때문이다.

“이번 싸움이 끝나면 저는 혼인을 하게 될 겁니다. 아마도 홍가희와 하겠지요.”

그의 말에 홍수려는 대답하지 않았다. 그가 홍가희와 혼인을 한다고 해서 자신의 운명이 바뀌는 것은 아니기 때문이다.

그는 여전히 동생이었고 앞으로도 동생일 것이다.

"저는 이만 일어나 볼게요."

"도망치지 마십시오."

문주영은 말과 함께 일어나는 홍수려의 손을 잡았다. 홍수려가 놀라 신형을 멈추자 문주영이 말했다.

"제가 좋아하는 건 누님입니다."

그의 고백은 언제나 치기 어린 어린 소년이 말하는 것처럼 들렸다. 여전히 그런 느낌이 있었기에 홍수려의 마음은 움직이지 않았다. 오늘도 그러한 마음은 변함이 없었다.

"그만해요. 누가 보면 오해할 수 있어요."

"오해를 한다 해도 상관이 없습니다."

문주영의 목소리는 확고하고 변함이 없었다. 홍수려는 가만히 손을 힘주어 빼며 말했다.

"제가 이곳에 온 이유는 독선문과의 은원을 정리하기 위해서예요."

그녀의 말에 문주영의 얼굴이 굳었다. 그녀의 볼에 난 상처를 기억하고 있기 때문이다. 그 상처를 준 사람들이 독선문이다.

"그 여우 가면을 제 손으로 죽이기 위해 온 것이에요."

그녀의 목소리에는 살기가 맴돌고 더 이상 사적인 대화는 하지 말자는 뜻도 포함되어 있었다. 문주영은 그녀를 잡지 못한다는 것을 알고 고개를 끄덕였다.

"제 마음은 변함이 없을 겁니다."

그의 담담한 목소리를 들은 홍수려는 진심이란 것을 느끼고 있었다. 하지만 대답 없이 조용히 밖으로 빠져나갔다.

*   *   *

그녀가 나오자 장산이 모습을 보였다.

"해남파가 돌아간 지 한참인데 이제 나왔네?"

"문 대주와 얘기 좀 하느라고요

"무슨 얘기?"

장산의 물음에 홍수려는 손을 저었다.

"별거 없었어요."

그녀의 대답에 장산은 호기심을 보이다 이내 그만두었다. 홍수려가 저렇게 나오면 물어도 대답을 안 하기 때문이다.

"별거 없는 게 아니라 또 쓸데없는 말을 했겠지."

장산은 문주영이 홍수려를 어떻게 생각하는지 잘 알고 있기에 말했다. 홍수려는 그녀의 말을 들으면서 빠른 걸음으로 앞으로 나갔다.

"그만 가요. 쉬고 싶네요."

그녀의 말에 장산이 고개를 끄덕이며 뒤를 따랐다.

홀로 남은 문주영은 문득 술이 떠올랐다. 이런 날 술이라도 한잔하는 게 좋을 것 같다는 생각이 들 때 문가호가 술병을 들고 모습을 보였다. 그가 들어오자 문주영이 슬쩍 미소를 던지며 물었다.

"보고 있었나?"

그의 물음에 문가호가 고개를 끄덕이며 술병을 들었다.

"본 건 아니고 생각난 게 있어서 말하려다 분위기가 이상해서 다시 돌아가 이 술을 가져왔지요."

문가호의 말에 문주영은 고개를 끄덕였고, 그 앞에 술잔을 내려놓은 문가호가 술을 따랐다. 짙은 죽엽청의 주향이 실내를 맴돌자 마음에 쌓아둔 무거운 짐을 내려놓은 기분이 들었다.

쪼르륵!

자신의 술잔에 술을 따른 문가호가 입을 열었다.

"천문성을 위해서."

문가호가 먼저 한 잔 마셨고 곧 문주영도 따라 마셨다. 안주는 없지만 술만으로도 충분히 운치가 있는 시간이었다. 이번에는 문주영이 술병을 들고 술잔에 술을 따른 뒤 들었다.

"문가를 위해."

문주영이 미소와 함께 다시 마시자 문가호가 따라 마셨다. 술잔을 내려놓은 문가호가 술을 따르는 문주영에게 말했다.

"어른들은 여자는 소소하니 신경 쓰지 말고 큰 것만 보라고 하는데 그게 어디 마음대로 됩니까?"

"어렵지."

문주영의 대답에 문가호가 다시 말했다.

"홍 누님은 좋은 분이지요."

문가호의 말에 문주영은 대답 없이 술을 따라 마셨다. 문가호가 다시 말했다.

"제가 도울 일이 있으면 말씀하십시오. 돕겠습니다."

"내 사사로운 문제이니 신경 쓰지 말게."

"홍 누님은……."

"할 말이 뭔가? 생각난 게 있다면서?"

막 홍수려에 대해 뭔가 말하려던 문가호는 문주영이 말을 자르고 물어오자 더 이상 홍수려에 대한 이야기를 꺼내지 말아야겠다고 생각했다.

"독선문의 제안에 대해 어떻게 생각하는지 궁금해서 그럽니다."

"독선문의 제안이 아니라 형원의 제안이겠지."

"정확하게는 그렇지요."

"아직 보고를 올리지는 않았어. 해남파의 일이 마무리되면 올려봐야지."

"저는 개인적인 생각이 궁금해서 그럽니다."

문가호의 말에 문주영은 짧은 숨을 내쉬며 술을 따라 마셨다. 어차피 결정은 위에서 하는 일이고 문주영은 허수아비에 불과했다. 그것이 현재 그의 위치였다. 하지만 문가호는 그 뜻을 물어보는 것이다. 문가호의 물음은 건방지게 보일 수도 있었지만 문주영에게 그러한 질문은 흠이 되지 않았다.

"네 생각은?"

문주영이 되묻자 문가호가 그가 자신의 의도를 물을 거라 생각한 듯 빠르게 대답했다.

"받아들여야 합니다. 이 기회에 독선문을 없애고 그 공을 얻으셔야 합니다."

"위에서도 받아들일까?"

"신 각주님의 성격이라면 받아들이겠지요."

문주영은 고개를 끄덕였다. 그 모습이 문가호는 답답하게 보였다.

"대주님의 의지도 중요합니다. 대주님께서 받아들이자고 제안해야 하는 일입니다. 이런 일이 있다고 보고하는 게 아니라 이런 일이 있으니까 이렇게 하는 게 좋겠다고 말해야 하는 겁니다. 그 차이는 명백하지요."

탁!

문주영이 술잔을 탁자에 강하게 내려놓았다. 그 소리에 문가호가 조금 놀란 표정을 보였다.

"알아."

문주영은 짧게 한마디 던진 뒤 미간을 찌푸리며 다시 술잔에 술을 따랐다.

"어릴 때부터 내가 결정할 수 있는 일은 아무것도 없었어.

그런데 이제 내가 뭔가를 결정해야 한다고? 그게 어디 쉬울 것 같은가? 아직 어른들은 나를 어린 소년으로 바라보고 있지. 그렇지 않다면 네가 왔겠나? 거기다 호위로 장로도 두 분 오시고 천문가의 고수 다섯 명도 왔지. 형이라면 저 정도의 인원이 왔을까?"

문주영의 말에 문가호는 고개를 저으며 자신의 술잔에 술을 따랐다.

"그렇지는 않습니다."

"거기다 누님도 오셨지……."

"홍 누님은 독선문과의 은원을 정리하는 뜻에서 스스로 오신 걸로 압니다. 총군께서 보냈다고는 하나 그전에 이미 누님께서 이곳으로 오고 싶다고 몇 번이나 직언을 했다 합니다. 그러니 대주님의 그러한 생각과는 관련이 없습니다."

"자네는?"

"저는 그저 형님을 도울 뿐입니다."

문가호가 대주라는 말 대신 형님이라고 부르자 문주영은 미소를 보였다.

"형님이라… 오랜만에 듣는 소리군."

성년이 되자 문주영에게 형님이란 소리를 못 하게 한 어른들을 떠올리며 문가호는 고개를 끄덕였다.

"어색합니다."

"하하하!"

문주영이 크게 웃었고, 문가호도 그 웃음에 미소를 던지며 다시 술을 마셨다.

마차에 오른 소대양은 해남파의 무사들과 함께 천천히 부두로 향했다. 앞에 앉은 오영이 고민스러운 표정으로 물었다.

"어떻게 하실 생각입니까?"

그의 물음에 소대양은 수염을 쓰다듬으며 입을 열었다.

"나쁜 조건은 아니니 어울려 주는 것도 좋다고 생각하네."

"하지만 반발이 있지 않을까요?"

"없으면 이상하지. 오랜 시간 동안 싸운 적이 아니었나? 하나 어제의 적이 오늘의 친구가 되는 곳이 무림이 아니던가? 후후후, 일단 돌아가 보자고."

"예."

오영의 대답에 소대양은 눈을 감고 생각에 잠겼다.

*　　　*　　　*

넓은 방 안에 앉아 있는 사람은 불과 네 명뿐이었다. 가장 상석에는 조자경이 앉아 있고 좌우로 임정과 마애, 예소가 앉아 있다.

"소요궁에 다녀오려 한다."

"소요궁이요?"

"이 시기에요?"

예소와 임정이 동시에 물었다. 조자경은 고개를 끄덕이자 임정이 불만스러운 표정으로 물었다.

"제자들은 죽어라 싸워야 할 이 시기에 소요궁이라니요? 스승님만 혼자 운우지락을 즐기시러 가는 겁니까?"

"이 시기니까 가는 거다."

임정의 물음에 조자경이 살짝 미간을 찌푸리며 대답했다. 임정이 다시 물었다.

"아니, 이 시기니까 가지 말아야지요. 거길 왜 가요? 거기 여자뿐이 없는데 가서 뭐 하게요? 소요궁주가 오래요?"

"어허! 이 스승도 남자이기 때문에 가는 거다. 나는 인생을 즐길 권리도 없느냐? 너희를 키우고 뒷바라지하느라 허리가 휠 지경이다. 그러니 한번 갔다 와야지."

소요궁주와 조자경이 그렇고 그런 사이라고 생각하는 임정이기에 대놓고 물은 것이다. 조자경이 조금 짜증스러운 표정을 보였다.

"이것들이 빨리 출가를 해야 내가 마음이 편하지. 쯧!"

마음에도 없는 소리를 하는 조자경이다.

"잠시 짬을 내서 갔다 오는 것이니 그리 알고 문의 일은 네가 맡거라."

조자경은 턱으로 슬쩍 임정을 지정하며 말했다. 임정은 그럴 줄 알았다는 듯 고개를 끄덕였지만 여전히 표정은 불편해 보였다.

"그리고 며칠 뒤 모용세가에서 사람들이 올 것이다. 잘 접대하고, 내 뜻은 네가 결정하거라."

"그렇게 할게요."

임정은 알겠다는 듯 대답했고, 조자경이 다시 말했다.

"진 소협도 온다고 하니 잘 대하고."

그 말이 왜 안 나오나 한 듯 모두의 표정이 굳었다. 그 모습에 조자경이 미소를 던졌다.

"진 소협의 일은 갔다 오면 하는 걸로 하고, 그때까지 꽃단장이라도 하고 있거라."

조자경은 농을 던졌으나 셋 다 싫지 않은 눈치다. 그 모습에 그는 순간적으로 당황했다. 평소라면 길길이 난리를 쳤을 제자들이기 때문이다.

"싫지는 않은 모양이군."

조자경의 말에 모두들 서로의 눈치를 보는 듯하다.

"아무튼 알아서 할 테니 걱정 말고 소요궁이나 다녀오세요."

임정의 목소리에 조자경은 고개를 끄덕였다.

"그러마."

"오는 길에 들었는데 해남파와 천문성이 접촉했다고 해요."

예소의 말에 조자경은 이미 알고 있다는 표정을 보였다. 광주에 독선문의 사람들이 없을 리 없었으며, 그들은 천문성과 해남파의 움직임을 파악하고 있었다.

"알고 있다. 그래서 갔다 오려는 거다. 만약을 대비해 얼굴이라도 봐야지. 이번에는 내가 나서야 할지도 모르겠구나."

조자경의 말에 모두의 표정이 굳었다.

"천문성의 움직임이 전과 달라."

조자경의 목소리가 굳어 있다. 임정과 예소는 심각한 표정을 보였다. 조자경이 저렇게 말하는 것을 처음 들었기 때문이다.

예소가 입을 열었다.

"운중세가를 저렇게 핍박하는 것도 그렇고 해남파와의 일도 그렇고 확실히 전과는 다르네요. 전에는 적당한 선에서 화해를 하고 이윤을 챙겼는데 지금은 자신들의 피해도 감수하고 전진하고 있어요."

그녀의 말에 조자경은 미소를 보였다. 예소가 상황을 잘 파악하고 있는 듯했기 때문이다.

"나는 그럼 소요궁으로 떠날 것이니 그동안 집안이나 잘 다스리고 있거라."

"빨리 오세요."

임정의 말에 조자경은 고개를 끄덕이며 자리를 떠났다. 그가 나가자 임정이 예소와 마애를 둘러보며 말했다.

"천문성의 움직임은 어때? 해남파와 접촉했다는 것 외에 특별한 것은 없어?"

"아직은 없어요. 하지만 해남파와 손을 잡으면 금세 운무산으로 치고 들어올 거예요."

"올 거면 혼자 올 것이지 해남파는 왜 데려오는 건지 원……."

임정의 투덜거림에 예소가 대답했다.

"그래야 인적 손실을 최대한 줄일 수 있으니까요. 사대세가맹과 동시에 본 문까지 치는 것은 쉬운 일이 아니에요. 해남파를 최대한 이용해서 본 문과 싸우겠다는 것은 좋은 계책이에요."

"우리에게 불리하게 돌아간다는 뜻이지?"

임정의 물음에 예소가 고개를 끄덕였다.

"물론이에요."

"그래서 스승님이 소요궁에 간 거고?"

"그렇겠지요. 소요궁의 힘을 빌리는 것도 나쁜 생각은 아니니까요. 그들이 도우면 해남파와 천문성이 손을 잡는다 해도 대등하게 싸울 수는 있을 거예요."

예소의 말에 임정은 굳은 표정으로 짧은 숨을 내쉬었다. 가만히 있던 마애가 물었다.

"그런데 해남파가 과연 천문성과 손을 잡을까? 그들도 자존심이 있을 텐데? 지금까지 둘의 관계는 좋지 않았잖아?"

예소가 그녀의 물음에 고민스러운 듯 아미를 찌푸린 뒤 답했다.

"과거의 은원을 모두 해결하고도 남을 정도의 제안을 했다면 가능할 거예요."

"그 정도의 제안이 있어?"

임정의 물음에 예소가 고개를 끄덕였다.

"있어요. 그건… 바닷길……. 해남파는 바다를 중심으로 해상 거래를 통해 부를 축적하는 곳이에요. 그러한 바닷길이 막혔는데 풀어주거나 저희가 가지고 있는 바다를 준다면 응할지도 모르지요."

"바닷길이라……."

임정은 이해가 안 된다는 표정을 보였다. 바다에 대해 아는 게 거의 없었기 때문이다. 예소가 다시 말했다.

"본 문의 영역까지 해남파가 차지한다면 그건 곧 바다의 패자가 된다는 뜻이고 또 하나의 의미로 강남의 패자를 뜻해요. 해남파의 입장에서는 엄청난 제안이에요. 그 의미를 천문성이 모를 리는 없을 테니 그 정도의 제안은 하지 않았겠지요. 하지만 해남파를 움직이기 위해 그런 제안을 했다면 그건 분명 함정이에요."

"함정?"

임정이 묻자 예소가 다시 말했다.

"저라면 해남파와 손을 잡고 본 문을 친 다음 해남파에게 잠시 동안 바다의 패자가 된 기분을 느끼게 한 뒤 다시 뺏을 테니까요."

"약았군."

"야비해."

임정과 마애가 동시에 말했고, 예소는 어깨를 한번 으쓱했다.

＊　　　＊　　　＊

"해상을 주는 게 아니라 잠시 맡기고 다른 명분을 세운 다음 뺏어야 해요. 어차피 해남파도 본 성의 일부에 지나지 않아요."

신주주의 목소리에 앞에 앉은 문대영은 재미있다는 듯 고개를 끄덕였다. 신주주는 해남파 자체를 천문성의 일부로 생각하는 것 같았다. 아니, 강남 전체가 천문성의 일부라고 생각하고 있는 게 분명했다. 자신의 집에 있는 것처럼 하는 그녀의 말에 문대영은 그녀의 그릇이 크다는 생각이 들었다.

"명분은?"

"간단해요. 그들이 우리에게 신의를 저버리고 배신했다는 것 정도만 만들면 그만이에요. 그 정도의 일은 간단한 일이죠."

"주고 다시 뺏는다……. 나쁘지 않아."

문대영은 만족스러운 표정을 보이더니 곧 팔짱을 끼고 말했다.

"그것보다 지금은 운중세가가 문제이지 않나? 어떻게 하는 게 가장 좋은 것 같은가?"

문대영의 물음에 신주주는 고민스러운 표정을 했다. 그의 말처럼 운중세가의 문제가 컸기 때문이다. 자신들의 예상과 달리 사대세가맹이 너무 빨리 움직였고 천문성에 반하는 문파들도 모여들고 있었다. 그 수는 무시할 수 없는 수준까지 올라간 상태였다.

"내일 운중세가에 가본 뒤 결정해도 늦지 않을 듯해요."

"내일?"

"예."

문대영은 그녀의 대답에 재미있다는 듯 가볍게 미소를 그렸다.

"그렇게 하지. 내일 조식을 먹은 뒤 출발할 테니 신 각주도 준비해 놓게."

"알겠어요."

신주주는 대답 후 가볍게 고개를 숙였다. 그녀의 인사에 문대영은 자리에서 일어나 자신의 거처로 이동했다.

운중세가의 거대한 정문 앞에는 수십 명의 무인이 경비를 서고 있었다. 그들은 날카로운 눈빛으로 정문을 막고 있었다. 그들의 눈에 저 멀리서 다가오는 한 대의 마차가 보였다. 마차의 지붕 위에는 천문(天門)이란 글귀가 강한 바람에 휘날리고 있다.

그 글귀를 보자 경비무사들이 일제히 정문을 겹겹이 막아서며 타종 소리가 강하게 울리기 시작했다.

마차는 정문 앞에 멈춰 섰고, 마부 한 명이 전부처럼 보였다. 마부석에 앉은 인물은 오십 대 중반의 인물로 검은 무복에 어깨에는 검을 메고 있었다. 그가 날카로운 안광으로 경비무사들을 둘러보며 말했다.

"총군께서 세가주를 만나려 한다."

마부의 말에 경비무사들은 모두 굳은 표정을 보였다. 그중 조장으로 보이는 인물이 앞으로 나섰다.

"총군이라면 그 문대영을 말하는 것이오?"

그의 물음에 문이 열리고 문대영이 모습을 보였다. 문대영이 내리자 그 옆으로 신주주가 모습을 보였다.

단 세 사람이 운중세가의 정문에 모습을 보인 것이다. 경비조장은 놀란 듯 뒤로 한 발 물러섰고, 경비무사들 모두 다 굳은 표정을 보였다. 문대영의 강한 기도가 그들을 압도했기 때문이다.

"패기가 넘치는 것 같소."

조장은 문대영의 강한 기도에 질린 듯 어금니를 깨물었고, 문대영이 미소를 던지며 말했다.

"가서 전하게. 내가 왔다고."

"하하하하하!"

거대한 웃음소리와 함께 정문이 열리고 그 가운데 운구한이 모습을 보였다. 운구한은 싸늘한 눈빛으로 찾아온 문대영을 노려보고 있었다.

"네놈의 간덩이는 여전히 부어 있구나!"

"문밖에서 손님을 대할 건가?"

운구한의 큰 목소리를 무시하고 되묻는 문대영의 표정은 여전히 여유가 있어 보였다.

"차 한 잔 정도는 대접하지."

운구한은 차갑게 말한 뒤 신형을 돌려 걸음을 옮겼다. 문대영과 신주주가 그 뒤를 따라 천천히 움직였다. 그런 그들의 눈에 연무장의 좌우로 가득 차 있는 수많은 운중세가의 무사들이 보였다. 그들의 살기는 금방이라도 문대영과 신주주를 산산이 조각낼 것처럼 강했다. 그 가운데 뒤쪽에 자리 잡은 중소 방파의 무사들과 남궁세가의 무사들도 보였다. 신주주의 뒤로 마부가 따랐는데 그는 표정의 변화가 없었으며 무심한 눈빛으로 오히려 이 상황을 즐기는 것처럼 입가에 간간이 미소를 보였다.

대전에 들어오자 가장 상석에 운구한이 앉아 있고 그의 좌우로 상당한 기도를 내뿜는 중년인들이 앉아 있다.

"알 만한 얼굴들은 다 모였군."

"자리를 내줘라."

운구한의 목소리에 대전의 끝에 문대영이 앉을 의자와 탁자가 놓였다. 문대영이 의자에 앉자 운중세가의 무사가 찻잔과 주전자를 올려놓았다. 신주주가 차를 따라주었다.

"신 각주와 반천검객 묵도가 호위라……."

"신 각주는 호위가 아니라 내 동료이고 묵 형만 호위네."

남궁세가 남궁도의 중얼거리는 목소리에 문대영이 슬쩍 시선을 던졌다. 남궁도는 그의 눈빛을 정면으로 받으며 강한 살기를 드러냈다.

운구한이 말했다.

"목숨을 걸고 온 건가? 여긴 네놈에게 지옥과도 같은 곳이 아니었나?"

"하하하하!"

문대영은 너털웃음을 터뜨리며 말했다.

"정파의 그늘에 가려 있는 자네들이 과연 단 세 명이서 찾아온 우리를 핍박할까? 우리 셋을 공격하겠다면 그리하게나. 하나 과연 천하인들이 사대세가를 어찌 생각할 것 같은가? 이곳에 모인 모두를 상대하는 일이야 어렵지 않지. 더욱이 나는 살아서 돌아갈 자신 또한 있네. 그렇다면 그 이후는?"

문대영은 신주주와 묵도를 버릴 생각도 있다는 듯 말했다. 그의 말에 신주주의 표정이 굳어졌지만 그것은 금세 사라졌다. 세 명이서 가자고 제안한 것은 자신이기 때문이다. 어차피 이들은 정파의 자존심이 더욱 중요한 사람들이었다.

"이 절호의 기회를 놓치라는 소리로군."

운구한이 어이없다는 듯 말하자 문대영이 고개를 끄덕였다.

"기회라면 기회겠지. 하나 자네의 목숨은 가져가겠네."

문대영의 입가에 스산한 살기와 함께 비릿한 미소가 걸리자 대전 안의 분위기가 순식간에 차갑게 식어갔다. 그리고 그는 충분히 이 많은 사람들 사이에서도 운구한을 죽일 수 있는 능력이 있는 사람처럼 보였다.

운구한이 가볍게 코웃음을 흘리며 물었다.

"왜 왔나?"

그의 낮은 목소리에 대전을 가득 채우고 있던 차가운 기운이 삽시간에 사라지는 것 같았다. 문대영이 찻잔을 들며 말했다.

"그냥 어떻게 지내는지 좀 보려고 왔네."

그의 한마디에 다시 한 번 장내의 분위기가 급격하게 냉각되어 갔다. 문대영의 기도가 그만큼 강했으며 그의 존재가 사람들의 시선에 크게 다가온 때문이다.

"잘 지내고 있네."

"그래 보이는군."

운구한의 짧은 대답에 문대영이 고개를 끄덕였다. 신주주가 조용히 문대영의 귓가에 속삭였다.

"쉽지 않겠어요."

그녀의 짧은 한마디에 문대영이 가만히 미소를 그리곤 운구한을 향해 말했다.

"이대로 화해를 하자고 한다면 하겠는가?"

쾅!

순간적으로 일어난 폭음에 모두의 시선이 운구한을 향했다. 그의 앞에 놓인 탁자가 산산이 조각난 상태로 부서져 있다.

"장난하나?"

운구한의 한마디에 문대영이 피식거리며 일어섰다.

"하긴… 그럴 리가 없겠지."

"이대로 가겠다는 건가?"

문대영이 고개를 끄덕였다.

"잠시 물러가기로 하지."

문대영은 곧 신형을 돌리고 연무장을 가득 메운 운중세가의 무사들을 둘러보았다. 그들은 빽빽하게 열을 맞추어 서 있었으며 길을 열어줄 생각이 없는 듯 보였다. 연무장의 좌우로 보이는 담장 위에는 남궁세가를 비롯한 다른 중소 문파의 사람들이 보였다. 대전의 지붕 위에도 수많은 무사들이 보였고, 그들은 모두 문대영을 사로잡으려는 듯했다.

묵도가 본능적으로 문대영의 앞을 막아섰지만 문대영이 그의 어깨를 잡았다. 묵도는 다시 뒤로 물러섰고, 문대영이 먼저 앞으로 걸음을 옮겼다.

"지금 나를 잡아야 할 것이네. 후회하지 말고 검을 들게."

문대영의 목소리가 낮게 울렸고, 대전 안에 앉아 있던 운구한의 귀에도 뚜렷하게 들렸다. 운구한은 고민스러운 표정을 보이며 살짝 어금니를 깨물었다.

단 세 명을 잡기 위해 사대세가맹과 수많은 중소 문파가 움직였다는 소문은 그도 원하는 게 아니었기 때문이다.

"다음에 또다시 이렇게 찾아온다면 그땐 이대로 보내지 않겠네."

운구한의 목소리가 울리자 곧 연무장의 중앙이 열렸다. 그 안으로 걸음을 옮기는 문대영의 입가에 미소가 걸렸다.

"왜 그냥 보냈습니까?"

운구한의 옆으로 모습을 보인 인물은 산동악가의 악무루였다. 악무루와 함께 청공의 모습도 보였다. 악무루는 대전에 들어오지 않은 채 밖에서 그들의 대화를 듣고 있었다. 그리고 문대영을 그냥 보낸 운구한의 결정이 마음에 안 드는 듯 물었다.

"자네가 끼어들 일이 아니네."

남궁도가 운구한을 대신해서 대답했다. 그의 목소리에 악무루는 아쉽다는 듯 고개를 저었다.

"스스로 그물에 들어온 물고기를 그대로 보내다니요. 말도 안 되는 일입니다."

악무루의 목소리가 살짝 높아지자 운구한이 인상을 찌푸렸다.

"본 가의 명예를 실추시키는 일은 할 수 없네."

"그 명예가 언제까지 있을 것 같습니까? 세가가 사라지고도 그 명예가 남을까요? 문대영을 잡아야 합니다. 지금이라도 전 인원을 다 보내서라도 그의 목을 베어야 합니다."

악무루의 목소리가 울리자 운구한이 인상을 굳히며 자리에서 일어섰다.

"난 좀 쉬겠네."

운구한은 악무루의 말을 무시하며 안으로 들어갔고, 운중세가의 사람들과 중소 문파의 수장들이 뒤를 따랐다.

"자네는 쓸데없이 끼어들지 말고 악가로 돌아가게나. 여긴 자네처럼 경험 없는 애송이가 끼어들 곳이 아니네."

남궁도는 한마디 던지고 자리에서 일어나 밖으로 나갔다. 그가 나가자 남은 사람들도 모두 떠났고, 대전은 어느새 텅 비었다.

악무루는 어이없다는 듯 텅 빈 대전을 둘러보며 긴 한숨을 내쉬었다. 그런 그의 어깨를 청공이 두드렸다.

"경험 없는 애송이."

"쳇!"

청공이 재미있다는 듯 미소를 던지자 악무루는 혀를 차며 고개를 저었다.

"실리를 추구하자는 내 제안이 나쁜 건가?"

청공은 운구한을 이해하고 있었기 때문에 악무루의 물음에 쉽게 대답하지 못했다. 자신이라도 운구한과 같은 선택을 했을 것이다. 명예를 지키는 일은 그만큼 어려운 일이었다. 그러나 실리를 추구하고 싶어 하는 악무루의 뜻을 그가 모를 리도 없었다.

"마음으로는 몇 번이라도 자네의 말처럼 하고 싶었을 것이네."

"천문성이라면 이런 기회를 놓치지 않았겠지."

악무루는 가만히 중얼거리며 다시 한 번 긴 한숨을 내쉬었다. 이미 지나간 일이고 이런 기회는 다시 찾아오기 어렵다는 것도 알고 있었다.

"잠시 물러서서 전열을 재정비하는 것도 나쁘지 않아."

팔짱을 끼며 좀 중얼거리는 문대영은 재미있다는 표정으로 미소를 그리고 있었다.

"저들이 과연 이 도발에 응할지 모르겠어요."

도발이란 말에 문대영은 만족스러운 얼굴이다. 단 세 명이서 찾아간 이유도 바로 운중세가를 도발하기 위함이었다. 자존심에 상처를 주고 도발한다면 그들이 몰려나올지도 모르기 때문이다.

"운구한이라면 응할 가능성이 높아. 그렇기 때문에 도발한

게 아닌가? 저들이 운중세가를 벗어나 몰려와 준다면 그것처럼 좋은 일도 없겠지. 하나 나오지 않는다면 다시 가면 그만이네."

"저 수를 상대로는 공격을 하는 것보다는 수성을 하는 게 옳은 선택이지요."

신주주는 그들이 나와주기를 바라는 사람처럼 대답했다. 원정을 나온 천문성의 무사들보다 기다리는 운중세가의 무사들이 훨씬 더 사기가 높고 체력도 좋을 게 분명했기 때문이다. 하지만 그 상황이 반대가 된다면 이야기가 달라진다. 그리고 신주주는 그 반대가 되기를 바라고 있었다. 그러기 위한 도발이기도 했다.

"운구한의 그 표정을 봤겠지? 그놈은 화가 나서 오늘 밤 잠도 못 잘 게 분명해."

재미있다는 듯 살짝 웃는 문대영이다. 신주주는 문대영의 말을 들으며 화제를 돌렸다.

"독선문은 어찌할 건가요?"

"당연히 해남파에 맛있는 과실을 주고받아야지. 어제 한 얘기처럼 말이야."

"저는 개인적으로 문 대주에게 모든 일을 위임했으면 해요."

그녀의 말에 문대영의 표정이 굳었다.

"이유는?"

"그의 능력을 보셔야지요."

그녀의 말에 문대영은 잠시 생각하는 눈빛으로 턱을 쓰다듬었다. 그녀의 말은 문주영의 능력을 시험하면서 그의 경험을 높이자는 말이었기 때문이다. 하지만 그가 판단한 일이 실패할 경우 그의 명성은 떨어질 것이다.

"문 대주는 스스로 모든 것을 판단하고 해결해야 해요."

"온실 속의 화초로 다루지 말라는 말이로군?"

"네."

신주주가 고개를 끄덕이자 문대영은 굳은 목소리로 다시 말했다.

"책임을 알아야 할 나이라는 건가?"

"아니요. 책임을 알아야 할 위치예요."

신주주의 대답은 명확한 차이를 말해주고 있다. 문대영은 잠시 고민하는 듯하더니 흥미로운 눈빛으로 고개를 끄덕였다.

"그렇게 해."

그의 짧은 대답에 신주주가 고개를 살짝 숙였다.

第五章
끊어진 실

하늘에서 내리는 부슬비는 작은 암자 주변을 촉촉이 적시고 있었다. 구름이 산등선을 따라 걸어가며 송운암으로 향하는 길목을 배회하고 있다.

　작은 능선 위로 풀잎이 낮게 자란 곳에 두 명의 남녀가 서 있다. 구름이 그들의 발목을 휘감고 부슬비가 어깨를 적시고 있었지만 둘은 움직이지 않았다.

　진파랑과 연심은 같은 곳을 바라보고 있었다. 송운암과 그 앞에 펼쳐진 바다와 그 사이로 보이는 봉우리들이다. 회색빛 구름의 바다 위로 솟구친 봉우리들은 아미산의 주변을 감싸고 있는 산들이다.

아미산은 워낙 높았기에 중턱만 올라도 구름에 가려 해를 보기 어려웠다. 구름이 걸쳐 휴식을 취하는 산이었고, 송운암은 그 중턱에 자리를 잡고 있었다.

진파랑과 연심은 손을 잡고 있었다. 부슬비에 온몸이 다 젖었지만 둘은 손을 놓지 않았다. 놓치고 싶지 않은 듯 손을 꽉 잡은 둘은 가만히 서서 주변 경치를 바라보고 있었다.

"구름이 걷히고 해가 쨍쨍하다면 좋을 것 같소."

"왜요?"

"경치가 지금보다는 좋을 것 같아 하는 말이오."

진파랑의 말에 연심이 미소를 보였다. 그녀의 미소는 진파랑에게 매우 큰 기쁨을 주었다. 그녀의 그런 얼굴을 보기 위해 천 리 길도 마다하지 않고 올 수 있었으며 어떤 어려움도 이길 수 있을 것 같은 용기가 생겼다.

죽음이란 단어를 늘 가슴에 안고 살았지만 이제는 죽음이란 단어보다 행복이란 단어를 생각하게 되었다.

"저는 늘 보는 풍경이라 비슷한 것 같아요. 그래도 이렇게 같이 보니 좋네요. 이런 마음을 가지게 될 줄은 몰랐지만 나쁘지는 않아요."

그녀의 말에 진파랑은 그녀의 손을 다시 한 번 굳게 움켜잡았다.

"천문성과의 싸움에서 살아남을 것이오."

연심은 그 말에 고개를 끄덕였다. 쉽지 않은 싸움이란 것을 알면서도 말릴 수 없다는 것이 안타까웠다.

"어디로 갈 건가요?"

"독선문으로 갈 것이오."

"찾아갈게요."

그녀의 목소리에 진파랑은 짧은 숨을 내쉬었다. 이 시간이 아쉬웠기 때문이다. 진파랑은 빗방울에 젖어 있는 그녀의 얼굴을 잠시 쳐다보다 시선이 마주치자 갑자기 입을 맞췄다.

"……!"

연심의 눈이 커졌지만 눈을 감고 있는 진파랑의 모습에 스스로도 눈을 감았다. 우산을 펴고 비를 막았으며, 진파랑의 양손이 그녀의 허리를 안았다.

짧은 시간이지만 긴 시간 동안 세상이 정지한 것 같았고, 흘러가는 구름이 그들의 발밑을 맴돌 때 두 사람의 고개가 살짝 물러섰다.

살며시 눈을 뜬 진파랑과 연심은 가만히 서로의 얼굴을 쳐다보았다.

"나를 기억하시오."

진파랑의 낮은 목소리에 연심이 그의 볼을 쓰다듬었다. 빗물과 살결이 함께하는 그의 볼은 차가웠다. 연심은 눈을 감고 고개를 내밀어 다시 입을 맞추었다. 그녀의 손이 목을 껴안자 진파랑이 그녀를 깊게 품었다.

살며시 눈을 뜬 연심은 진파랑의 감은 눈을 보고 미소를 그렸다. 그녀의 상체가 뒤로 살짝 휘었고, 아쉬운 듯 진파랑은 연심의 얼굴을 쳐다보았다.

"저를 기억하세요."

그녀의 낮은 목소리에 진파랑이 고개를 끄덕였다.

*　　　*　　　*

"연심은 어떤 사람이지?"

넓은 객실의 중앙에 놓인 원탁을 사이에 두고 앉은 정정의 물음에 맞은편에 앉은 청란이 고개를 들었다.

그녀는 정정의 물음에 눈을 가늘게 뜨고 그녀의 얼굴을 살피고 있었다.

"원주님이 사랑하는 여자?"

청란의 말에 정정은 살짝 아미를 찌푸렸다. 그 모습에 청란은 연심의 모습을 떠올리며 다시 말했다.

"내가 아는 그녀는 무지막지하게 강하고… 멋있고… 또 매우 아름다운 여자예요."

"고수이면서 아름다운 여자라면 당해낼 재간이 없겠네."

"질투하는 건가요?"

"그런 게 아니야."

청란은 정정의 대답에 의미심장한 미소를 보였다.

"그녀에 대한 정보는 대다수가 일급이에요. 하지만 언니니까 선심을 쓰지요."

"나도 들은 게 좀 있지만 더욱더 알고 싶어."

정정의 말에 청란은 차를 따라 마신 뒤 입을 열었다.

"그녀는 아미파의 장문인 연정 신니와 함께 아미파의 쌍검이라 불리는 여자예요. 실력은 연정 신니에게 한 수 정도 뒤진다고 하는데 오 년이 흐르면 연정을 넘어설 거라는 게 본문의 평가예요. 십 년이 지나면 심혜를 뛰어넘는 고수가 될지도 모른다고 평가하지요."

"놀랍군."

정정은 심혜가 여중제일고수였던 사실을 알기에 상당히 놀랐다. 천외성의 여원하가 자신이 아는 가장 강한 여고수였고, 그녀와 쌍벽을 이루는 여중고수는 아미파의 연정뿐이라고 생각했다. 그런데 그녀보다 한 수 정도 뒤진다고 하니 놀랄 수밖에 없었다.

"그녀는 매우 아름다워서 여자들도 많이 좋아한다고 해요. 정월도 연심을 좋아하죠. 동경한다고 해야 하나? 동년배의 고수 중에 유일하게 그녀와 싸울 만한 인물은 남궁세가의 남궁성이 있어요. 하지만 그녀도 연심에게는 한 수나 두 수 밀린다고 봐야지요."

"검화선녀도 대단한 여자지."

정정은 소문을 들었기에 고개를 끄덕였다. 청란이 다시 말했다.

"앞으로 우리가 만날 여고수 중 또 한 명을 손에 꼽자면 임정이 있어요. 독선문의 임정은 조만간 만날 거예요."

"독선문의 세 자매를 말하는 거야?"

"네. 무공의 임정, 독공의 마애, 의술의 예소. 이 세 명이 독선문의 중심이고 가장 상대하기 어려운 자매죠."

청란은 독선문의 세 여제자가 너무 친해 자매로 불리는 것을 잘 알고 있었다. 그녀들에 대한 정보도 하오문은 일급으로 다루고 있었다. 특히나 임정은 하오문을 괴롭히기로 소문난 여자였다. 그녀 때문에 양초가 잠을 못 자 과로로 쓰러진 적이 몇 번 있었다.

"아무튼 그건 그거고, 연심은 그런 여자들의 최정점에 있는 고수예요. 그렇기 때문에… 에휴……."

청란은 길게 한숨을 내쉬며 다시 말했다.

"비교 대상이 못 된다는 거죠. 진 소협, 아니, 원주님이 그녀를 좋아하고 또 그녀 역시 원주님을 좋아하는 것 같아요. 그런 분위기라고 하네요. 그리고 저리 좋아하니 이렇게 아미파에 죽치고 있는 것이지만……."

"비교 대상이 못 된다……."

정정은 불안한 표정으로 손톱을 깨물었다. 그녀의 그런 행동을 처음 보는 청란이기에 턱을 괴며 물었다.

"좋아하죠?"

"응?"

정정이 눈을 크게 뜨자 청란이 다시 말했다.

"아무리 생각해도 이상해서 그래요. 언니는 아니라고 하지만 자유라는 명분으로 천외성을 나와 진 원주를 따르는 것은 부족해요. 뭔가 한 가지 빠진 것 같은… 그럴싸하면서도 아닌 것 같은 그런 느낌이죠. 어릴 때부터 천외성에서 자랐고 천외성을 위해 지금까지 충성하던 언니가 자유라는 이유로? 천외성을 벗어나고 싶어서? 그건 절대 아니라고 생각해요. 하지만 사랑이라면 가능해요."

"그렇지 않아."

정정은 고개를 저었지만 애써 부정하지 못하는 것 같았다.

"진 원주는 확실히 매력이 있어요. 사내다운 냄새를 물씬 풍기고 있으니까요. 온실 속에서 자란 화초가 아닌 거친 들판에서 자란 늑대 같은 냄새가 나니까요. 그건 강호의 여자들이 좋아하는 냄새예요. 그런 냄새를 풍기는 사내는 사실 드물거든요. 특히나 저 정도의 고수 중에 저런 인물은 현 강호에 없어요. 저 역시 좋아해요."

청란은 슬쩍 미소를 보였고, 정정은 눈을 반짝였다. 청란은 차를 마신 뒤 길게 한숨을 내쉬었다.

"사실 이곳에 오기가 싫었어요. 안 갔으면 했는데 역시나 진 원주는 가슴에 연심을 품고 이곳으로 달려왔지요. 휴……."

그녀는 다시 한 번 길게 한숨을 내쉬며 가슴의 답답함을 풀었다. 그녀는 슬쩍 굳어 있는 정정의 얼굴을 쳐다보았다. 정정은 차가운 눈빛을 흘리며 차를 마시고 있다.

"사랑이 아니라면 언니가 진 원주에게 이렇게 충성할 수가 없어요. 언니는 아니라고 하지만 제가 볼 때 언니는 진 원주를 사랑하고 있어요."

정정은 대답하지 않았다. 청란이 다시 말했다.

"연심이 진 원주의 옆에 있는 모습을 계속 봐야 할 텐데… 견딜 수 있나요?"

"그녀가 만약… 네 말대로 그리 대단한 사람이라면 지켜볼 수 있어."

"정말인가요?"

정정은 고개를 끄덕였다.

"내가 인정할 만한 여자라면 말이야."

그녀의 대답에 청란이 가볍게 웃었다. 그녀는 아니라고 말하면서도 결국 연심을 질투하고 있었기 때문이다. 그때 문을 열고 정월이 모습을 보였다.

"무슨 이야기를 그렇게 재미있게 하고 있어?"

그녀는 청란의 웃음소리를 들으며 들어왔기에 물었다. 정정은 굳은 표정이고 청란은 재미있다는 듯 미소를 그리고 있다.

"정 언니의 질투를 보는 중이야."

"질투?"

정월이 궁금하다는 듯 눈을 크게 뜨며 옆에 앉았다. 정정이 손을 저었다.

"그런 거 아니야."

"연심에 대해 말하는데 많이 질투하시네."

정정의 대답에 청란이 웃으며 말했다. 정월이 호기심이 가득한 눈빛을 던졌다. 청란이 그런 정월에게 말했다.

"네가 아는 연심에 대해 말해봐."

"연심이라……. 속가의 이름은 마지령이고, 아마 아미파를 나오게 되면 속가의 이름을 사용하겠지? 그녀는 고수고… 예쁘고… 가질 거 다 가진 여자지. 무공과 아미파라는 배경과 강호에서 가장 화제가 되고 있는 남자까지."

남자라는 말에 진파랑을 떠올리는 그녀들이다.

"진 원주 정도면 괜찮지. 그 정도면 잘생긴 편이고 말이야. 키도 크고 듬직하고 사내 냄새 물씬 풍기고."

청란과 같은 말을 하는 정월이다. 그녀의 말에 정정이 미소를 보였다.

"둘은 남자 보는 눈이 비슷한 모양이야?"

그녀의 질문에 청란과 정월이 서로의 얼굴을 마주 보며 살짝 아미를 찌푸렸다. 뭔가 불쾌한 기분이 들었기 때문이다.

정월이 굳은 표정으로 과거의 기억을 떠올리며 싸늘하게 말했다.

"그러고 보니 그렇기도 하네? 너 옛날에 내가 좋아하던 신

오라버니한테 여우처럼 꼬리치고 화장한 얼굴로 나왔지?"

"흥! 웃기는 소리 하네. 내가 먼저 좋아했거든? 너야말로 신 오라버니한테 아픈 척 품에 안기고 엉덩이 흔들었잖아!"

"미친년, 내가 언제?"

"이게 머리에 비수라도 박혔나? 기억 안 나?"

둘의 분위기가 험악해지자 정정은 왠지 자신 때문에 이러한 싸움이 일어난 것 같아 자리에서 슬쩍 일어섰다.

"이 문제는 나중에 다시 뜨겁게 대화 좀 해보자. 그런데 원주님은 아직 안 왔어?"

"아직."

청란의 대답이 들렸고, 일어나던 정정은 문을 열고 서 있는 진파랑을 발견하고 멈춰 섰다. 진파랑이 일행을 둘러보며 한마디 툭 던졌다.

"뭐 해? 출발하자."

그 한마디를 던진 진파랑은 다시 밖으로 나갔고, 방에 남은 세 사람은 투덜거리며 짐을 정리하기 시작했다.

*　　　*　　　*

마차 안에는 정정과 정월이 앉아 있고 맞은편에 앉은 진파랑은 창밖으로 멀어지는 아미산을 눈에 담고 있었다. 그의 얼굴은 굳어 있었는데 깊은 상념에 빠져 있는 것 같았다.

'여전히 옆에 있는 것 같아…….'

진파랑은 그녀의 체온이 여전히 가슴에 남아 있는 듯한 착각이 들었다. 그녀를 끌어안던 그 시간이 그토록 원하던 시간이었기에 더욱 짧고 아쉬웠다. 태어나 처음으로 시간이 멈췄다면 좋겠다고 생각했다.

연심의 모습이 여전히 눈앞에서 아른거렸다.

'그리움이라…….'

진파랑은 연심 때문에 또 다른 감정이 생겼다는 것에 놀라면서도 기분이 좋았다.

"가는 게 아쉬운가 봐요?"

정월의 물음에 진파랑은 대답 없이 미소만 보였다. 정월이 다시 말했다.

"함께 오실 줄 알았는데 혼자 오셔서 아쉽네요."

"곧 만나겠지."

겨우 입을 여는 진파랑이다. 하지만 그의 목소리에는 진한 아쉬움이 담겨 있었다. 그것을 모를 정월이 아니었다.

"상황은 어떻게 되어가나?"

진파랑의 물음에 정월이 빠르게 대답했다.

"천문성과 운중세가의 싸움이 지금은 소강상태라고 하네요. 운중세가에 집중된 힘이 워낙 커서 섣불리 움직이지 못하는 모양이에요."

"천문성은 애초에 속전속결로 끝내려고 한 게 아니었어?"

"속전속결하려 했는데 운중세가가 미리 알아차리고 주변 중소 방파와 남은 세가들의 힘을 예상보다 빠르게 모았다고 하네요."

"독선문은?"

"아직 모르겠어요. 폭풍 전야 같다는 말이 지배적이에요."

정월의 대답에 진파랑은 별다른 게 없다고 생각했다. 정월이 다시 말했다.

"문주님께서 조만간 뵙자고 하네요."

정월의 말에 진파랑의 표정이 굳어졌다. 하오문주를 직접 보게 될 줄은 그도 예상치 못한 일이고 그와 만날 일이 없다고 생각했다. 더욱이 하오문주는 베일에 가려진 인물로 강호에 모습을 드러내는 일이 없었다.

"이유는?"

"저도 몰라요."

정월은 하오문주의 뜻을 모르기에 고개를 저었다. 진파랑은 그럴 줄 알았다는 듯 고개를 끄덕이며 다시 창밖으로 시선을 돌렸다.

마부석에 앉아 마차를 몰고 있는 청란은 그들의 대화를 이미 다 듣고 있었다. 덜컹거리는 바퀴 소리에도 그들의 목소리가 들려왔기 때문이다.

'구자용, 무슨 수작을 부리려고…….'

청란은 하오문주가 직접 보자고 했다는 것에 불안한 마음이 들었다. 그녀는 아무런 이득 없이 움직일 사람이 아니었기 때문이다.

정월의 목소리가 다시 흘렀다.

"독선문주는 소요궁에 갔고, 모용세가와 독선문이 손을 잡을 것 같다는 소문이 있어요. 해남파와 천문성이 손을 잡고 독선문을 치려 한다는 소문도 있지요."

"네 말대로 폭풍 전야(暴風前夜)로군."

진파랑의 목소리에 정월은 슬쩍 미소를 보였다. 옆에서 조용히 대화를 듣고 있던 정정이 궁금한 표정으로 입을 열었다.

"전부터 묻고 싶었는데 흑랑대는 왜 운중세가로 보낸 건가요?"

"현 강호에서 그들이 원하는 싸움을 할 수 있는 최적의 장소지."

진파랑의 대답에 정정은 금방 이해된 듯 고개를 끄덕였다. 정월이 옆에서 말했다.

"문주님과는 어디에서 보는 걸로 할까요?"

"어디가 좋은가? 하오문주라면 이미 장소를 정해서 내게 보냈을 것 같은데?"

진파랑이 되묻자 정월이 고개를 끄덕이며 답했다.

"달포 뒤 계림이요."

"계림이라… 좋은 곳이지."

진파랑은 미소를 보이며 과거의 기억을 떠올렸다. 그에게 계림은 잊지 못할 장소였기 때문이다.

"독선문에도 계림에서 만나자고 전해."

"그렇게 할게요."

"언제 떠날 건가?"

"다음 마을이요."

그녀의 대답에 진파랑은 팔짱을 끼며 고개를 끄덕였다. 그에게 중요한 것은 구자용을 만나는 일보다 천문성이었고, 독선문과의 관계를 해결하는 일이었다.

'독선문의 제의를 거절해야 할 텐데 걱정이군.'

그가 연심을 만나 다시 한 번 자신의 마음을 확인한 이상 독선문의 제자들과 혼인하는 일은 없어야 했다.

*　　　*　　　*

방 안에 앉아 책을 보던 임정은 양초가 그립다는 생각이 들었다. 그가 없으니 신간을 구하는 일이 수월하지 않았기 때문이다. 계림에 있는 양초를 불러오고 싶었지만 그도 바쁠 테니 쉽게 오지는 못할 터이다.

표국을 시켜 책이나 배달하라고 하려 했지만 예소에게 걸려서 그 길도 막힌 상태이다.

"휴……."

임정은 긴 한숨을 내쉬며 다섯 번이나 읽은 '색마협전(色魔

俠戰)'을 다시 읽으며 지루하단 표정을 지었다. 지루할 때는 무공을 수련하는 게 시간을 보내기엔 가장 좋은 방법이었으나 그것도 여의치 않았다.

문주인 조자경이 없기 때문이다. 그가 없기 때문에 그의 자리를 지켜야 하는 게 임정의 몫이었다. 만약의 사태를 대비해야 했고 문의 대소사를 일일이 살피면서 결정해야 했기 때문이다. 물론 그 일은 예소에게 대부분 일임했지만 그래도 중요한 일은 자신이 나서야 했다.

예소는 임정에게 문의 대소사를 일임받았기에 실제 가장 고생하고 있었다. 그것을 임정도 잘 알기에 그녀를 부르지 않았고 찾아가지도 않았다. 찾아가면 붙잡혀서 일을 해야 할 것 같았기 때문이다.

마애는 순찰을 돌고 있었다. 그녀는 천문성과 해남파의 간자들을 색출하는 일을 맡아서 하고 있었다. 그래서 그런지 매우 바쁜 것 같았다.

쿵! 쿵! 쿵!

굵은 발소리와 함께 예소가 급히 들어왔다. 그녀가 전서를 임정의 앞에 내밀며 말했다.

"모용세가의 사람들이 계림에 도착했다고 해요."

"벌써? 빠르네."

"어떻게 할까요? 여기로 오라고 할까요, 아니면 기다리라고 할까요?"

예소가 빠르게 물었다. 그녀는 꽤나 바쁜 듯 임정의 결정을 독촉하는 눈빛이다. 그때 이십 대 초반의 남자가 급히 들어왔다. 독선문 총당의 무사였다.

"당주님."

"응?"

예소가 고개를 돌리자 수하가 전서를 내밀며 말했다. 예소는 빠르게 전서를 읽은 뒤 조금 흥분한 눈빛으로 임정에게 내밀었다.

"진 소협께서 계림으로 온다 하네요. 아마 사천에서 귀주를 넘어오는 게 아니라 호남을 지나오려나 봐요."

"계림 좋지."

계림으로 온다는 말에 임정이 화색이 도는 얼굴로 눈을 반짝였다. 계림에는 자신의 수하나 다를 바 없는 하오문의 양초가 있기 때문이다.

"여기 일은 그럼 마애에게 맡기고 계림으로 가자."

"달포는 걸린다고 하니 오 일 후에 가도 될 거 같아요. 문내에 남은 일은 처리해야죠."

"오 일 뒤? 미리 가서 기다리면 되지. 어차피 모용세가 쪽 사람들도 그리로 온다면서? 가서 기다리자고."

임정의 독촉에 예소는 문득 양초를 떠올렸다. 거기다 임정은 서재에 있는 책도 이미 다 완독했을 게 분명했다. 심심한 게 눈에 보였다.

"일은 네가 알아서 처리하고 내일 출발하자."

"예? 내일이요?"

"내일 조식 후."

임정은 예소의 대답도 듣지 않고 자리에서 일어나 자신의 침실로 향했다. 그 모습에 예소는 어이없다는 듯 임정이 사라진 방향을 쳐다보았다.

산책을 하고 있던 문주영은 간간이 눈에 띄는 경비무사들의 모습에 살짝 인상을 찌푸렸다. 이곳에 온 이후 혼자만의 시간을 갖는 게 어려웠기 때문이다. 어디를 가더라도 수하들의 눈이 보였고 잠을 자는 침실 주변으로도 경비무사들의 숨소리가 들렸다.

어릴 때부터 주변 환경이 지금과 비슷했기 때문에 익숙해질 만도 한데 여전히 쉽게 적응하기가 어려웠다. 없는 사람 취급하면 된다고 하지만 옆에 버젓이 서 있는데 어떻게 없는 사람 취급을 한단 말인가? 문주영은 성 안에서의 생활이 그리워지고 있었다.

담장을 사이에 두고 성 안에는 아무도 없었다. 그곳은 오직 자신만 있는 곳이고 시비들조차 허락을 받아야 들어올 수 있는 곳이었다. 그곳에서 아무 생각 없이 자신이 좋아하는 도화(圖畵)를 하는 일은 그의 유일한 낙이기도 했다.

그 낙을 즐기지 못하니 답답할 수밖에 없었다.

정원을 한 바퀴 돌고 서재로 들어온 문주영은 한쪽에 놓인 자신의 검을 쳐다보았다.

"무인이라면 검을 자신의 분신처럼 들고 다녀야 하는데 나는 그러지 못하는구나."

문주영은 검을 손에 쥐고 붉은 검집에서 검을 살짝 꺼내 은 빛 검신에 시선을 던졌다. 검신에 떠오른 자신의 얼굴이 낯설 게 보이며 비틀거리는 것 같았다.

"대주님."

서재 밖에서 말소리와 함께 문가호가 모습을 보였다. 그가 들어오자 문주영은 검을 다시 넣고 의자에 앉았다.

"무슨 일이야?"

슥!

문가호가 서찰 하나를 내밀었다. 문주영은 의문이 깃든 시 선으로 서찰을 받아 펼쳐 보았다.

"좋은 일입니다."

"후……."

문주영은 서찰을 읽으며 깊은 한숨을 내쉬었다. 서찰의 내 용은 다름이 아니라 모든 권한을 문주영에게 줄 테니 알아서 잘하라는 명령이었다.

"부담스럽군."

"너무 걱정 마십시오. 물이 흘러가듯 하면 됩니다."

문주영이 슬쩍 미소를 던졌다. 문가호의 말은 이대로 진행하자는 말이었기 때문이다.

"해남파는 이대로 진행하고 독선문은 좀 더 지켜보기로 하지."

"형원을 믿지 못하는 모양이군요?"

"그게 만약 함정이라면 우린 치명타를 입을 테니까."

문가호는 문주영의 말에 고개를 끄덕였다. 형원을 믿고 운무산을 지나친 뒤 그들이 뒤를 친다면 상당한 피해를 입게 될 것이다. 그것을 잘 아는 문가호였다. 하지만 그렇다고 해서 형원의 제의를 무시할 수도 없었다. 그가 독선문을 배신한 것이라면 그것처럼 좋은 기회도 없기 때문이다.

"형원과 한번 만나보는 게 어떻습니까?"

문가호의 말에 문주영은 선선히 고개를 끄덕였다.

"날짜를 잡게나."

"예."

"다른 특별한 사항은?"

"독선문주가 귀주로 향했다고 합니다. 독선문주가 부재중이란 것은 우리에게 기회가 생겼다는 것을 뜻합니다. 개인적으로 이 기회를 그냥 보내는 것은 좋지 않다고 봅니다."

문가호의 말에 문주영은 흥미로운 표정으로 물었다.

"독선문주가 남녕에 없다……. 어떻게 할 생각인가?"

문주영의 물음에 문가호는 이미 생각을 다 해둔 듯 빠르게 대답했다.

"해남파와 손을 잡고 그들의 배를 이용해 창주만으로 갑니다. 창주에서 남녕까지는 불과 삼 일의 거리이니 순식간에 치고 들어가 독선문의 총단을 불태우고 빠지면 됩니다. 전력을 약화시키는 게 목적이기 때문에 그곳에서 머물 필요는 없지요. 총단이 불타면 독선문의 사기도 떨어질 테니 우리는 손쉽게 이 싸움에서 승기를 잡을 것입니다. 그사이 대주님께서 운무산을 지나 들어가면 됩니다."

"독이 오르게 만들라는 건가? 약이 오른 쥐는 사나울 텐데?"

"사나워도 결과는 나쁘지 않을 것입니다. 총단이 불타면 운무산이 비게 될 것이고, 그사이에 저희는 운무산을 접수하면 그만입니다."

"최악의 결과가 생긴다 해도 광동은 먹을 수 있다는 소리로군."

"예."

문가호의 대답에 문주영은 고개를 끄덕였다.

"그러지."

문주영의 대답에 문가호는 미소와 함께 밖으로 나갔다. 문주영의 허락이 떨어진 이상 이제 해남파와 손을 잡는 일만 남았기 때문이다.

*　　　*　　　*

계림의 독선당으로 향하는 양초의 양손에는 그동안 나온 신간이 가득 들려 있었다. 녹색 보자기에 싸맨 책이 무겁게 그의 어깨를 눌렀지만 불만은 없었다. 그녀에게 잘 보여야 광서 지역 전체의 하오문이 평안하기 때문이다.

양초가 안으로 들어오자 기다렸다는 듯이 독선당의 무사가 그를 안내했다. 몇 개의 문을 지나 안쪽에 자리한 내실로 안내받은 그는 임정이 나타나자 얼른 허리를 숙였다.

"양초입니다."

"선물은?"

임정은 그의 인사를 받는 둥 마는 둥 하며 신간부터 물었다. 양초가 얼른 양손에 든 보자기를 앞으로 내밀며 말했다.

"오실 때를 대비해서 이렇게 미리 준비해 두었지요."

양초가 만면에 환한 미소를 보이며 대답하자 임정은 그의 어깨를 다독이며 책 더미를 탁자 위에 올려놓았다.

"수고했어."

"저기, 근데 밀린 대금 좀……."

양초의 말에 임정은 순간적으로 자신에게 뭔가 밀린 것이 있는지 떠올렸다. 그 모습에 양초가 다시 말했다.

"전에 가져가신 책들의 대금을 지불하지 않으셨습니다."

"그랬나? 얼마지?"

"오늘 가져온 것까지 해서 총 사십 냥입니다."

"여전히 비싸군."

"아시다시피 이게 귀한 거고 시중에서 쉽게 구할 수 있는 것도 아니지 않습니까? 거기다 작가한테 들어가는 창작비도 만만치 않습니다. 그 돈 받아도 제 손에 쥐어지는 것은 불과 넉 냥입니다. 나머지는 다 작가나 제본소에 들어가는 비용이지요."

은화로 사십 냥이면 집 한 채는 거뜬히 사고도 남을 금액이고 보통 사람들이 삼 년 이상은 먹고사는 데 아무런 지장이 없는 금액이다. 그것을 잘 알기에 양초가 장황하게 설명한 것이다.

임정은 투덜거리며 고개를 돌려 옆에 서 있는 예소에게 턱짓했다. 예소가 인상을 찌푸리며 전표 하나를 꺼내 양초에게 주었다.

"이걸로 나갈 때 본당에 들러서 사십 냥만 가져가세요."

"물론입니다. 아무튼 감사합니다. 아, 그리고 모용세가가 이 리 밖에 있다고 하니 곧 도착할 것입니다."

임정은 양초의 말에 고개를 끄덕였다. 양초의 말이라면 사실이기에 그들이 저녁 전에 도착할 것으로 생각했다.

"다른 정보는 없어?"

"어떤 정보를 원하십니까?"

장사를 하려는 말투에 임정이 살짝 아미를 찌푸리자 양초가 얼른 손을 저었다.

"아닙니다. 하하하! 그냥 물어보십시오. 요즘 워낙에 들어오는 소식들이 많아 그럽니다."

그 말에 예소가 물었다.

"해남파와 천문성."

딱 꼬집어서 묻는 예소의 질문에 양초는 재빨리 대답했다.

"며칠 전 광주에서 회합을 가졌고 곧 운무산으로 진격할 거란 소문입니다."

양초가 슬쩍 둘의 눈치를 살폈지만 임정은 여유가 있고 예소도 별로 달라진 표정이 없었다. 그녀들은 이미 예상한 일이라 크게 놀라는 것이 없었다. 더욱이 운무산은 해남파와 천문성에게 죽음의 산이 될 것이다.

"다른 소식은?"

"어떤……?"

"우리와 관련된 것."

예소의 말에 양초가 고개를 끄덕이며 답했다.

"독선문과 연관이 있는 거라면… 문주님께서 소요궁에 당도하셨다는 것과 또… 모용세가의 대표가 모용세라는 것 정도입니다."

"더 없고?"

"네."

양초의 대답에 임정은 손을 저었고, 예소는 책을 정리하기 시작했다. 양초가 얼른 인사를 하고 밖으로 나갔다.

그가 나가자 예소가 책을 빈 책장에 꽂으며 말했다.

"모용세가가 왔다는 것은 모용세가주가 이번 일을 꽤 중요하게 생각한다는 증거예요."

"알아."

임정은 짧게 대답한 후 오늘 받은 신간 중 제목이 마음에 드는 책을 골라 읽기 시작했다.

―홍몽(紅夢).

"자극적이군."

"예?"

"아냐."

예소가 고개를 돌리자 임정은 고개를 저으며 책장을 넘겼다.

모용세가 사람들이 독선당으로 온 것은 저녁 무렵이었다. 백여 명의 모용세가 무사들과 함께 찾아온 인물은 양초의 말처럼 모용세였고, 이제 막 약관의 청년인 모용식도 있었다.

둘은 독선당의 안채로 안내를 받고 들어와 앉았다. 얼마 뒤 임정과 예소가 반가운 얼굴로 미소를 던지며 들어왔다. 그녀들이 들어오자 모용세와 모용식이 자리에서 일어났다.

"오랜만이오."

"먼 길 오시느라 고생하셨습니다. 앉으시지요."

임정의 권유에 모두 자리에 앉았다. 모용세가 먼저 입을 열었다.

"과거의 관계야 과거일 뿐이고 현 가주님께선 독선문에 대해 우호적인 편이오. 형산파의 일도 있고 하니 앞으로도 쭉 함께 걸어가기를 바라고 있소이다."

"본 문에서도 모용세가와 같은 생각입니다. 세가주님께서 그리 생각하신다니 정말 다행이군요."

모용세의 말에 임정은 자신과 어울리지 않게 가식적인 미소를 입가에 그리며 예의를 다해 받아주었다. 모용세가 그 어색한 모습에 미소를 보이며 다시 입을 열었다.

"본론을 말하겠소."

"경청하지요."

"세가맹과 천문성의 전쟁은 잘 알고 있을 것이오."

전쟁이라는 표현에 그 심각성이 크다는 것을 느끼고 있는 임정이다. 예소 역시 그의 말에 굳은 표정을 보였다.

"연합을 제의하오."

"호오, 예상은 했지만 너무 직설적이군요."

임정은 짐짓 놀란 듯 과장되게 눈을 크게 뜨며 대답했다. 그녀는 모용세가의 제안을 예상하고 있었으며 결론도 내린 상태였다. 단지 결론에서 얼마나 큰 이득을 얻느냐 하는 게 문제였다.

모용세가 다시 말했다.

"공교롭게도 독선문 역시 천문성과 싸우고 있지 않소이까? 듣자 하니 해남파가 천문성과 손을 잡고 움직인다고 하는데 함께하는 게 어떻겠소?"

"문주님께 물어봐야겠네요."

"대리라는 것은 곧 모든 권한을 받은 것 아니었소?"

슥!

서찰을 내밀며 말하는 모용세였고, 임정은 아미를 찌푸린 채 서찰을 읽었다.

"이런……."

"어라?"

임정은 스승의 필체라는 것을 알아보았고, 예소 역시 고개를 빼고 읽으며 혀를 찼다. 조자경이 모용세가에 보낸 서찰이었고, 내용은 임정이 다 알아서 결정할 거라고 쓰여 있었다.

임정은 서찰을 구겨 둥글게 뭉쳤다. 그 모습에 모용세가 차를 따라 마시며 다시 말했다.

"연합을 하게 된다면 장사에 독선당을 세우도록 허락하겠소."

"……!"

임정과 예소가 동시에 놀란 표정을 보였다. 독선당을 장사에 건립한다는 것은 곧 모용세가의 앞에 자리를 내주겠다는 것과 같은 말이기 때문이다.

"호호호!"

"오호호호!"

예소와 임정이 동시에 손으로 입을 가리며 웃었다. 장사에 독선당이 들어서는데 더 생각할 이유는 없었다. 이보다 더 좋은 제안은 없었고, 그것은 임정이나 예소가 생각하는 것 이상의 조건이었다.

"당연히 함께해야지요. 그런데 저희는 무엇을 할까요?"

임정이 얼른 대답하자 모용세가 그럴 줄 알았다는 듯 미소를 보이며 대답했다.

"능력 좋은 의원들을 좀 데려가고 싶소."

"부상자들의 치료 때문이군요?"

"그렇소. 또한 천문성과의 분쟁이 끝날 때까지 약재 역시 무한정 공급이오. 또한 분쟁이 끝나면 본 가에 의술을 전수해 주기 바라오."

모용세의 말에 임정이 예소에게 시선을 던졌다. 예소가 고개를 끄덕이며 대답했다.

"좋아요. 나쁘지 않은 조건이에요. 저희는 호남을 얻고 모용세가는 의술을 얻게 되겠군요."

"세부적인 사항은 차차 논의하기로 합시다."

예소의 말에 모용세가 만족스러운 듯 짧은 수염을 쓰다듬으며 미소를 보였다. 그때 뒤로 이십 대 초반의 백의녀가 들어왔다. 그녀는 어깨에 검을 메고 있었으며 모용식의 뒤에 서

서 말했다.

"본 가에서 좀 전에 도착한 서찰이에요."

그녀가 말과 함께 서찰을 내밀자 모용세가 받아 쥐었다. 그는 슬쩍 임정과 예소를 살피며 서찰을 펼쳐 읽었다.

"달포 안으로 남창으로 오라는 내용이오."

그의 말은 곧 달포 안으로 독선문의 의원들과 충분한 약재를 가지고 남창으로 오라는 말이었다.

"빨리 준비해야겠군요."

"물론이오."

모용세의 대답에 예소와 임정의 시선이 백의녀에게 향했다. 그녀는 모용식의 뒤에 서 있었는데 나가지 않았다. 모용식이 그녀의 손을 잡았기 때문이다. 그 모습에 임정과 예소가 뚫어지게 쳐다본 것이다.

그녀들의 시선을 느낀 듯 모용식이 얼굴을 붉히며 말했다.

"아, 제 정혼자입니다."

"예?"

"에에엑!"

임정과 예소가 동시에 놀란 표정으로 눈을 크게 떴다. 아무리 살펴보아도 모용식의 나이는 이십 정도였고 백의녀 역시 비슷한 또래로 보였기 때문이다. 그런데 정혼한 사이라고 하니 놀랄 수밖에 없었다.

"아정이라고 해요. 두 분의 명성은 자주 들었어요."

그녀의 말에 임정과 예소가 모용식과 아정을 노려보기 시작했다.

"뭐지, 이건? 왜 부럽지?"

임정이 팔짱을 끼더니 의자에 깊숙이 엉덩이를 붙였다. 예소는 길게 한숨을 내쉬더니 차를 단숨에 마셨다.

"정말 정혼한 사이?"

그녀의 말에 모용식이 고개를 끄덕이며 아정의 손을 슬쩍 놓았다. 모용세도 둘의 사이를 잘 아는지 말리는 눈치가 아니었다.

"맞습니다."

모용식이 어깨를 펴며 대답했다. 마치 자랑하는 듯한 표정이고 즐거워 보였다. 아정 역시 살짝 얼굴을 붉혔지만 그리 나빠하지 않았다.

"어떻게 만난 건가요?"

예소가 궁금하다는 듯 물었다. 이제 모든 화제의 중심은 아정과 모용식이었고 그전의 이야기는 그녀의 머릿속에서 사라진 듯 보였다. 그것은 임정도 마찬가지였다. 그녀 역시 호기심 가득한 표정으로 둘을 쳐다보고 있었다. 그 모습에 미소를 보이는 모용세다.

모용식이 부담스러운 두 여자의 시선을 받으며 입을 열었다.

"정아는 아미파의 속가제자로 무공을 수련한 뒤 본 가에 들어와 선 누님의 호위로 지냈는데 그때 우연히 제가 정아를 보고 반해서 몇 번이고 마음을 전했습니다. 하지만 거절당하기를 반복했지요."

"오……."

"몇 번이나?"

예소와 임정이 재미있다는 듯 눈을 크게 떴다. 모용식이 그 둘의 시선을 받으며 다시 말했다.

"몇 번이나 거절당했지만 모용가의 남자로서 포기하면 안 된다는 어릴 때의 가르침을 실천하고 또 실천해서 결국 그녀의 허락을 얻었습니다."

모용식이 주먹을 움켜쥐며 말했다.

"제 집념의 승리지요. 후후후."

"대단하다."

"멋있다."

그의 말에 예소와 임정은 가만히 중얼거리며 고개를 끄덕였다. 아정은 부끄러운지 고개를 숙이다 결국 먼저 밖으로 나갔다. 그녀가 나가자 모용식이 자리에서 일어나 뒤따라 나갔다.

"청춘이야, 청춘."

모용세가 차를 마시며 낮은 목소리로 중얼거렸고, 인상을 찌푸린 예소와 임정은 차를 연거푸 몇 잔씩 따라 마셨다.

덜컹덜컹!

독선당의 앞으로 마치 한 대가 나타난 것은 해가 중천에 떠오른 정오 무렵이었다. 마부석에 앉은 청란이 뜨거운 햇살을 막기 위해 쓰고 있던 방립을 벗으며 내려섰다. 곧 문을 열고 진파랑과 정정이 모습을 보였다.

진파랑은 독선당의 현판을 보자 과거의 기억이 떠올라 잠시 걸음을 멈추고 감상에 젖었다. 그에게 꽤 많은 일이 있던 계림이다.

새로운 사람을 만나기도 했고 이별도 했다. 자신의 인생이 바뀌었고 생각도 바뀌게 된 곳이다.

진파랑은 정정과 청란을 뒤에 두고 천천히 안으로 들어갔다.

第六章
혈향(血香) 속으로

 진가도

진파랑이 들어왔다는 소식에 가장 먼저 달려 나온 사람은
예소였다. 그녀는 진파랑이 보이자 빠르게 달려갔다.

　"진 소협!"

　예소가 기쁜 얼굴로 달려오자 진파랑이 미소를 보이며 손
을 들었다. 예소는 그런 진파랑의 손을 무시하고 품에 안겼
다.

　"얼마나 보고 싶었는데요."

　예소가 붉어진 얼굴로 안겨 들자 진파랑은 잠시 당황했지
만 가볍게 미소를 보이며 그녀의 어깨를 다독였다.

　"오랜만이야."

"무사해서 다행이에요."

예소가 얼른 뒤로 한 발 물러서며 자신이 한 행동에 대해 부끄러운 표정을 보였다. 진파랑은 그런 예소의 모습이 그저 귀엽게만 보였다. 그런 예소를 따가운 눈초리로 쳐다보는 두 명의 여자가 있었고, 그 기운에 예소는 고개를 돌려 그녀들을 쳐다보았다.

"누구시죠?"

"내 호위들."

진파랑의 말에 정정과 청란이 따가운 시선을 거두며 애써 침착한 표정으로 인사했다.

"정정이에요."

"청란이에요."

"예소라고 해요. 독선당에 오신 것을 환영해요."

예소는 두 여자가 자신을 향해 적의를 내뿜자 당황했지만 진파랑의 옆에서 떨어질 생각은 없었다.

예소와 함께 정원으로 들어온 진파랑은 맞은편에서 걸어오는 젊은 일남일녀를 발견하고 잠시 걸음을 멈췄다. 낯이 익은 여자의 모습 때문이다.

"아정아!"

진파랑이 기쁜 목소리로 외치자 걸음을 옮기던 아정 역시 진파랑을 발견하고 멍하니 서 있었다. 그녀는 그렇게 잠시 서 있더니 갑자기 어깨를 떨기 시작했다. 믿을 수 없는 사람이 눈앞에 서 있었기 때문이다.

"오라버니!"

아정이 붉어진 눈으로 크게 외치며 진파랑에게 달려와 안겼다. 진파랑은 아정을 안아 들며 기분 좋은 웃음을 보였다. 그의 그런 모습을 처음 보는 정정과 예소는 상당히 놀라고 있었다.

한참 동안 아정을 안아주던 진파랑은 그녀의 성숙해진 모습에 기분 좋은 표정을 보였다. 이렇게 숙녀가 되어 있을 거라 생각지 못했기에 그녀의 지금 모습이 더욱 반가웠다.

"그동안 어떻게 된 거예요? 제가……."

말을 하려던 아정이 목이 메는지 잠시 말을 줄였다. 그 모습에 진파랑은 미안한지 그녀의 어깨를 다독였다. 진파랑은 누가 보더라도 그리운 사람을 만난 사람처럼 따스한 미소를 입가에 걸고 있었다.

"안녕하십니까."

아정의 그 모습을 바라보던 진파랑을 향해 모용식이 포권하며 인사했다. 그의 등장에 진파랑이 시선을 돌렸다. 진파랑의 시선에 모용식이 반가운 얼굴로 다시 말했다.

"모용세가의 모용식이라 합니다. 아정과는 정혼한 사이지요."

모용식의 말에 진파랑의 표정이 굳었고, 아정은 놀란 듯 눈을 크게 떴다. 모용식은 진파랑의 눈빛이 순식간에 차갑게 바꿰자 놀랐으나 애써 태연하고 당당하게 다시 말했다.

"말씀은 많이 들었습니다. 직접 뵙기를 기다렸는데 이렇게 만날 줄은 몰랐습니다."

"정혼이라는 말은 혼인을 하겠다는 것인가?"

"그렇습니다."

모용식의 자신에 찬 모습에 진파랑은 아정을 쳐다보았다. 아정은 살짝 붉어진 얼굴로 고개를 숙이며 모용식의 옆으로 다가갔다. 진파랑은 순간 가슴이 허전해지는 기분이 들었다.

"사실이에요."

아정의 대답에 진파랑은 잠시 멍하니 아정을 쳐다보았다. 어릴 때부터 봐오던 그녀가 이제는 혼인을 하겠다고 하니 믿기 힘들었다.

"어른이라……."

진파랑은 놀란 듯 아정과 모용식을 번갈아 쳐다보았다. 그 모습을 보고 있던 예소가 얼른 끼어들었다.

"일단 안으로 들어가요."

그녀의 말에 진파랑은 멍한 표정으로 예소를 따라 임정의 거처로 향했다. 그런 진파랑을 아정은 한참 동안 쳐다보았다.

"가겠소?"

"네."

아정은 모용식의 물음에 망설임도 없이 대답하며 미안한 표정을 보였다. 모용식이 미소를 보이자 아정은 고개를 끄덕이며 진파랑을 향해 달려갔다.

멍하니 앉아 있는 진파랑의 모습에 임정은 무슨 일인지 궁금한 표정을 보였다. 그때 아정이 밖에 모습을 보였고, 예소가 얼른 임정에게 귓속말로 상황을 설명했다.

"별것도 아닌 일로."

혀를 차며 일어선 임정은 예소와 함께 밖으로 나갔다. 그녀들이 나가자 아정이 조용한 걸음으로 들어와 진파랑의 앞에 앉았다.

진파랑은 아정을 보자 생각을 정리한 듯 눈동자를 돌렸다.

"오랜만에 보는구나."

"맞아요. 보고 싶었어요."

아정의 대답에 진파랑은 고개를 끄덕였다. 아정이 다시 말했다.

"어떻게 된 거예요?"

"이런저런 일들이 있었지."

"소식은 간간이 들었지만……."

아정은 너무 긴 시간 동안 헤어져 있었다는 말을 하고 싶었지만 참았다. 그런 말보다 지금 이렇게 만난 것이 너무 좋았기 때문이다.

"혼인을 한다고?"

"네, 하고 싶어요."

진파랑의 물음에 아정은 바로 대답했다. 그녀는 모용식이 좋았고 누군가가 곁에 있어주기를 바라고 있었다. 가족을 갖고 싶다는 간절함이 모용식의 청혼을 거절하지 못한 이유였다.

"사랑을 하고 있구나?"

"네."

아정이 미소를 보였다.

"시원섭섭하다고 할까… 서운하다고 할까?"

"오랫동안 곁에 안 계셨어요. 너무 오랫동안이요."

아정의 말에 진파랑은 할 말이 없다는 듯 침묵했다. 그녀의 말이 사실이기 때문이다.

"아가씨가 당가로 시집갈 때 당가에 함께 갈까 많은 고민을 했었어요. 하지만 세가에 남아 오라버니를 기다리는 게 더 나을 것 같아 안 갔어요. 그리고 기다렸는데 여전히 안 오시더군요. 모용 소협은 제 곁에 있어준 든든한 사람이에요."

아정의 말에 진파랑은 그녀가 정말 모용식을 마음에 두고 있다는 것을 알았다.

아정은 홀로 남은 외로움이 매우 컸고 그 외로움을 달래기 위해 무공을 수련했다. 진파랑을 좋아했지만 그 감정과 달리 다가오는 모용식을 뿌리치지 못하였다. 자신에게 사랑을 주고 따뜻한 마음을 준 사람이었다. 그 사람과 행복하다면 그보다 좋은 일이 없을 것 같았다.

한참 동안 둘은 말없이 차를 마시며 같은 공간에서 조용히 시간을 보내고 있었다.

비록 말은 없었지만 둘의 머리에는 수많은 기억이 지나갔고 함께한 추억도 떠올랐다. 그 속에는 죽은 감우의의 얼굴이 있었다.

둘의 침묵은 계속 이어졌고, 해가 서산으로 기울 때까지 둘은 함께했다.

*　　　*　　　*

"누구라고?"

"진파랑이요."

신주주의 침착한 대답에 문대영의 표정이 굳었다. 그는 책상 앞에 찻잔을 내려놓으며 차가운 눈빛을 던졌다.

"백천당을 불러."

문대영의 목소리가 살짝 커졌지만 신주주는 여전히 같은 목소리로 답했다.

"백천당으로 부족할지 몰라요."

신주주의 말에 문대영은 잠시 생각하더니 다시 말했다.

"석청림을 불러."

"음……."

신주주는 석청림이란 이름에 놀란 표정을 보였다. 그는 진파랑의 손에 죽을 고비를 넘긴 인물이었기 때문이다. 문자경을 지키지 못해 몸이 다 나은 후에도 문대영은 그를 곁에 두지 않았다. 하지만 그도 석청림이 누구보다도 진파랑에게 원한이 크다는 것을 잘 알고 있었다.

"석청림의 몸은 아직 온전히 회복되지 않은 것 아니었나요?"

"회복한 지 오래되었어. 호법원에 있을 테니 불러서 보내."

"소수로 말인가요?"

문대영이 고개를 끄덕였다. 그의 표정은 확고했고, 어떠한 말을 해도 통할 것 같지 않았다.

"분부대로 하지요."

신주주는 대답 후 밖으로 나갔다. 문대영은 인상을 굳힌 채 밖으로 나가는 신주주의 뒷모습을 쳐다보다 곧 자리에서 일어섰다. 갑자기 술이 마시고 싶어졌기 때문이다.

새벽 동이 떠오르는 홍남포의 항구로 십여 척의 거대한 상선이 들어오고 있었다. 그 배들은 모두 해남파의 배였고, 부두에 도착한 배에선 수백에 달하는 무사들이 짐을 대신해 내리고 있었다.

부두를 가득 메운 해남파와 천문성의 무사들은 일사불란하게 움직였으며 그들의 가장 앞에는 문가호와 함께 덩치가 좋은 해남파의 장로인 장수오가 서 있었다.

문가호와 장수오는 해남파와 천문성의 무사들을 둘러보다 만족한 표정으로 걸음을 옮기기 시작했다. 그들의 뒤로 천여 명에 달하는 무사들이 따랐으며, 모두 비장한 표정으로 입을 다물고 있다.

"남녕으로 가는데 장로님이 직접 나오실 줄은 몰랐습니다."

"이 기회가 아니면 언제 독선문의 총단을 보겠나? 일생의 기회이니 가야지."

장수오의 대답에 문가호는 미소와 함께 고개를 끄덕였다.

"옳은 말씀입니다."

"어서 가지."

"예."

장수오가 길을 재촉했고 문가호가 답했다. 새벽부터 움직이는 그들의 모습을 본 홍남포의 사람들은 모두 놀라고 있었으며, 그들이 사라지고 난 뒤 십여 마리의 비둘기가 하늘로 날아올랐다.

작은 탁자에는 붉은 함이 놓여 있고, 그 함을 사이에 두고 임정과 진파랑이 앉아 있었다.

"독기가 흐르는데?"

"비역신보인데 문주님께서 부탁하신 물건이지."

"스승님께서?"

"스승님이 안 게시니 네가 받아."

진파랑의 말에 임정이 함을 열었다. 강한 독기에 인정이 슬쩍 미간을 찌푸렸다.

"나와 단둘이 보자는 이유가 이것 때문이었어?"

"맞아."

진파랑이 고개를 끄덕이자 임정이 비역신보를 꺼내 펼쳤다. 두툼한 책자에 많은 글이 적혀 있으며 모두 임정의 호기심을 자극하는 내용이었다.

"스승님께서 비밀로 할 만하군."

임정은 고개를 끄덕인 뒤 비역신보를 품에 넣었다. 귀한 물건이고 조자경의 손에 직접 쥐여줘야 할 비급이기에 품에 넣은 것이다. 세상에서 가장 안전한 장소이고 가장 보관하기 쉬운 곳이 자신의 품속이었다.

"그런데 어떻게 생각해?"

"뭘 말하는 거지?"

쿵!

"시집 말이야, 시집!"

임정의 손이 탁자를 내리치자 강한 울림이 퍼졌다. 진파랑은 생각지도 못한 말에 이맛살을 찌푸렸다.

"관심이 없다고 하면 그만 아니었나? 솔직히 부담되고……."

"나야 상관없지만 예소는? 예소가 좀 미쳐서 네놈을 원하는 것 같아서 그런다."

진파랑이 짧은 숨을 내쉬었다. 예소가 싫은 것은 아니었으나 그녀가 부담되는 것도 사실이다. 거기다 연심이 있는데 다른 여자에게 눈을 돌릴 틈 같은 것은 없었다. 또한 연심은 안심이 되는 존재였다. 그녀에게 정을 주어도 그녀는 절대 죽을 것 같지 않았지만 예소는 달랐다. 그녀는 무공이 그리 높지 않기 때문에 자신과 연이 생긴다면 천문성의 손에 죽을 것이 분명했다.

천문성은 집요한 곳이고 자신이 중원으로 들어온 것을 알게 된다면 분명히 손을 쓸 것이다.

그러한 이유 때문에 이곳에 오래 있을 생각이 없었다. 그때 급한 발소리와 함께 예소가 헐레벌떡 달려들어 왔다.

타타닥!

"큰일이에요!"

"왜 그래?"

예소의 안색이 파랗게 변해 있자 놀란 임정이 물었다. 예소가 얼른 전서를 내밀며 말했다.

"총단으로 천문성과 해남파가 쳐들어오고 있어요. 스승님이 안 계신 틈을 타서 공격해 온 것 같아요."

"뭐? 어떻게? 운무산이 있잖아!"

임정이 놀라 자리를 박차고 일어섰다.

"해남파의 도움으로 바다를 건너왔어요."

"바다? 이렇게 빨리? 아직 둘이 손을 잡았다는 소식은 없었 잖아?"

"정보를 차단당한 것 같아요."

예소의 굳은 목소리에 임정이 싸늘한 표정으로 어금니를 깨물었다.

"총단으로 간다."

예소가 고개를 끄덕이며 밖으로 나가자 임정이 진파랑을 향해 말했다.

"너도 따라와."

당연하다는 그녀의 명령에 진파랑은 말없이 자리에서 일 어섰다. 함께하겠다는 뜻이다.

*   *   *

상황을 파악하기 위해 청란이 먼저 자리를 떠났다. 그녀는 하오문으로 가서 천문성을 비롯한 해남파의 동향을 파악해야 했다. 현재 진파랑은 구자용도 눈여겨보는 인물이고 친분을 유지하라는 명도 있었기 때문이다.

하오문이 정보를 안 줄 수도 있지만 주게 된다면 큰 힘이 될 것이다. 또한 이번 일로 구자용과의 만남도 뒤로 미루게 되었다.

구자용이 누구인가? 하오문의 총문주이자 천하에서 가장 만나기 어려운 사람 중 한 명이다. 그런 사람과의 만남도 미뤄야 할 정도로 진파랑에게 이 싸움은 중요한 일이었다.

　임정과 진파랑은 무공이 높아 함께 경공으로 이동했고 나머지는 예소와 함께 이동하고 있었다.

　몇 개의 산을 넘고 강을 건넌 뒤 잠시 휴식을 취하는 임정과 진파랑의 안색이 굳어 있었다.

　"아직도 멀었나?"

　진파랑의 물음에 임정이 고개를 끄덕였다. 그녀는 굽이굽이 흐르는 강물을 눈에 담은 채 차가운 표정으로 입을 열었다.

　"이것들을 어떻게 해야 할지? 깡그리 다 잡아가다 땅속에 묻어버릴 수도 없고."

　임정이 허리에 찬 검은 채찍의 손잡이를 잡으며 중얼거렸다.

　"이 기회에 모두 쓸어버려야겠어."

　임정은 정말로 그렇게 해버리겠다는 눈빛을 보였다. 진파랑은 그 말을 들으며 말없이 고개만 끄덕이고 있었다.

　"쉴 새 없이 가면 이틀이면 도착하니까 그때까지 잘 따라와. 뒤처져도 두고 갈 거니까."

　"혼자 간다고 해서 총단을 지킬 수 있겠어?"

　"총단을 지키는 것이 내가 해야 할 일이고 책무야. 스승님이 내게 맡겼다는 것은 적들로부터 지키라는 뜻이니까. 총단이 불에 타면… 정말로 시집가야 할지도 몰라."

"풋!"

이 와중에 시집 걱정을 하는 임정의 모습이 재미있게 보였다. 임정은 심각했지만 진파랑은 그리 심각한 고민이 아니라 여겼다.

"간다."

쉭!

임정이 짧게 한마디 툭 던지더니 번개처럼 앞으로 내달렸다. 그녀의 모습에 진파랑은 혀를 차며 발을 움직였다.

"와아아!"

"죽여!"

"크아악!"

비명과 함성 소리가 요란하게 남녕성에 울려 퍼졌다. 수많은 무인들이 독선당을 중심으로 피를 뿌리며 싸우고 있었다. 이렇게 큰 사건이 터졌는데도 관군의 모습은 어디에도 보이지 않았다. 괜히 끼어들었다가 목숨만 버릴 것이 분명했기 때문이다.

피핑!

십여 개의 침이 허공을 날았고, 문을 넘어오던 천문성의 무사들을 쓰러뜨렸다. 그 가운데에 검은 무복의 중년인이 서 있었는데 독선문의 장로인 허영이었다. 침술에 능하고 독물을 연구하는 장로였는데 소란스러움에 달려 나온 것이다.

"이런 망할 일이 있나!"

피핑!

그의 손이 움직일 때마다 침이 허공을 날았다.

"크악!"

"악!"

그가 날린 침은 달려오는 무사들의 얼굴에 깊숙이 박혔고, 그들은 비명과 함께 쓰러졌다. 쓰러진 자들은 모두 큰 고통을 느끼며 누렇게 변색된 얼굴로 죽어갔다. 독이 발라진 침이었기에 그리된 것이다.

"개 같은 사파 새끼들!"

"하오잡배들보다 못한 놈!"

"독선문 사람을 한 명도 남기지 말고 모두 죽여라!"

문가호의 외침이 저 멀리서 들렸고, 해남파와 천문성의 무사들이 독침과 독조에 죽어갔다. 그렇다고 그들이 밀리는 것은 아니었다. 워낙 숫자의 차이가 크기 때문에 독선문 사람들이 오히려 뒤로 밀려나고 있었다.

장로인 허영의 주변으로 다섯 명의 다른 장로도 모습을 보였고, 그 외에 간부들도 모습을 보였다. 그들의 지휘 아래 독선문의 무사들이 움직이고 있었다.

"크악!"

담장에서 비명이 터졌고, 독선문의 무사들이 바닥으로 피를 뿌리며 쓰러졌다. 그 자리에 피에 젖은 검을 든 장수오가 서 있다. 그가 장로들을 알아보고 외쳤다.

"하하하하! 독선문의 늙은이들이 이곳에 다 모였군! 쳐라!"

그의 외침에 허영의 표정이 변했다. 장수오는 해남파에서도 손에 꼽는 고수였기 때문이다.

쉬쉭!

담장을 넘어 해남파의 무사들이 기세등등하게 몰아쳐 왔다. 허영의 손에서 독침이 허공을 날았고, 장수오가 검을 들어 막았다.

"쳇!"

허영은 혀를 차며 장수오를 노려보고 있었다. 장수오 역시 허영 때문에 쉽게 움직이지는 않았다. 그의 손에 들린 침 때문이다.

비명과 함성 소리가 여전히 사방에서 메아리치고 있었다. 그때 독선당의 거대한 대전의 지붕을 넘어오는 붉은 그림자가 있었다. 그 그림자는 손에 든 두 개의 붉은 도로 빠르게 천문성의 무사들을 헤집고 나가기 시작했다.

파파팟!

"크아악!"

"크악!"

독선문의 마애였다.

"홍의혈수(紅衣血手)다!"

그녀의 등장에 독선문의 사기가 올라갔고, 그녀의 붉은 도에 베인 천문성의 무사들은 독에 중독된 듯 게거품과 함께 얼굴이 푸른색으로 변색되어 죽어갔다.

"저 도에 스치면 안 된다!"

문가호가 멀리 담장 위에서 그녀의 모습을 지켜보고 외쳤다. 그때 문가호의 뒤로 피에 젖은 도를 쥐고 있는 호림원 구대주 위오가 모습을 보였다.

"제가 가지요."

"죽지 마라."

문가호의 낮은 목소리에 위오가 고개를 끄덕이며 바람처럼 허공을 날아 마애의 목을 쳐 갔다. 마애는 천문성의 무사들을 베어가다 자신을 향해 날아드는 강한 기운에 고개를 들었고, 위오가 눈에 잡히자 재빨리 뒤로 몸을 날렸다.

쉬아악!

강한 검기가 좀 전까지 마애가 있던 자리를 스쳤다. 마애는 쌍도를 늘어뜨린 뒤 위오를 노려보았다. 위오의 기세가 강했기 때문이다. 하지만 그녀의 여우 가면 속의 표정을 볼 수는 없었다.

쉭!

마애의 신형이 번개처럼 위오를 향해 날아들었고, 그의 가슴과 허리를 동시에 베어갔다. 위오가 기다렸다는 듯이 도날

사이로 파고들어 그녀의 가슴을 찔렀다. 하지만 마애의 목적은 그의 팔에 상처를 내는 일이었다.

마애의 양손이 뒤집히자 두 개의 붉은 도날이 위오의 팔을 스쳤다.

"큭!"

"풋!"

마애의 입술 사이로 비웃음이 흘렀고, 위오가 놀라 뒤로 물러섰다. 소매가 잘린 자리에서 붉은 피와 함께 피부색이 푸르게 변색되는 게 보였다. 그는 독에 중독되었다는 것을 아는 순간 어깨를 떨더니 험악한 얼굴로 마애를 향해 달려들었다.

"개 같은 년! 네년의 목을 따주마!"

"미친 새끼."

마애가 낮게 중얼거린 뒤 달려드는 위오의 양어깨를 잘라갔다. 그의 도날이 늘어나는 듯싶더니 어느새 위오의 양팔을 자르고 있었다.

"크아악!"

비명과 함께 위오의 신형이 비틀거리는 듯하더니 순식간에 마애의 어깨를 이빨로 깨물었다. 양팔이 잘리는 순간 충혈된 눈을 부릅뜬 채 그녀의 어깨를 깨문 것이다.

"악!"

마애의 입에서 비명이 터져 나오며 오른손에서 도가 떨어졌다. 그녀는 재빨리 왼손으로 위오의 얼굴을 쳐서 그를 떨쳐

냈다. 그 순간 그의 눈앞으로 빛과 함께 문가호의 검이 나타났다.

"이런!"

마애가 놀라 몸을 날리며 뒤로 피했다. 하지만 문가호의 검은 여전히 마애를 향해 일직선으로 날아들고 있었다. 뒤로 날아가는 사람과 앞으로 전진하는 사람의 거리는 좁혀질 수밖에 없다. 그때 허공에서 십여 개의 비침이 날았고, 문가호가 신형을 틀어 검날로 막았다.

따다다당!

요란한 금속음과 함께 그의 신형이 뒤로 물러나 담장 위로 올라섰다. 그는 굳은 표정으로 마애의 옆에 나타난 허영을 쳐다보았고, 조금 떨어진 곳에서 장수오가 독선문의 다른 장로와 싸우는 것이 보였다.

화르륵!

독선문의 대전이 불길에 휩싸이자 문가호의 입술에 미소가 걸렸다. 그 외에 십여 개의 건물에서도 연기가 피어나고 있었다.

"와아아아!"

함성 소리가 요란하게 저 멀리서 들려오기 시작했다. 그 소리는 굉장히 컸으며 검은 무복의 무사들이 마치 개미 떼처럼 담장을 넘어오고 있었다. 운무산의 독선문 무사들이 모습을 보인 것이다.

"죽여라!"

"천문성과 해남파의 잡놈들을 모조리 죽여라!"

가장 앞에서 형원이 외쳤다.

"칫!"

문가호가 멀리서 그 모습을 보고 혀를 차며 뒤로 물러섰다.

삐이이익!

강한 피리 소리와 함께 허공에 푸른 불꽃이 피어올랐다. 그 신호를 시작으로 천문성과 해남파의 무사들이 물러서기 시작하자 독선문의 무사들은 그런 그들을 놓치지 않으려는 듯 달려들었다.

허영은 물러서는 천문성과 해남파의 무사들을 쳐다보며 이를 갈았다.

"씹어 먹을 새끼들, 쫓아라!"

"쫓아라!"

허영의 외침에 독선문의 다른 제자들이 외쳤고, 후퇴하는 천문성과 해남파를 쫓았다. 그 모습을 멀리서 보던 형원과 동진이 달려왔다.

남녕성의 성문을 지나 대로까지 쫓아 나온 허영은 문득 걸음을 멈췄다. 자신을 따라와야 할 독선문의 무사들이 안 보였기 때문이다.

"허 장로!"

"장로님."

멀리서 형원과 동진이 모습을 보였고, 그 둘의 모습에 허영은 반갑게 미소를 던졌다.

"자네들이로군. 제때에 와주어서 고맙네."

"별말씀을 다 하십니다."

형원이 포권하며 허리를 숙였다. 동진이 말했다.

"여기까지 왜 나왔나? 지금은 저들을 쫓는 것보다 총단을 살펴야 하네."

"적이 저렇게 내빼는데 그냥 둔단 말인가?"

"제가 모두 돌아가라 했습니다. 쫓다가 암습이라도 당하면 어찌합니까?"

"암습은 무슨… 이 기회에 저들의 발목을 꺾어야 했네."

형원의 말에 허영은 말도 안 된다는 듯 손을 저었다.

"그래도 적의 암습이 있을지도 모릅니다. 이렇게 말이지요."

푹!

허영의 복부를 뚫고 나온 검은 천문성의 검이었고, 그 검을 손에 쥔 사람은 형원이었다. 허영의 눈이 부릅떠졌다. 이게 도대체 어떻게 된 일인지 알고 싶어 하는 표정이다. 형원의 손이 서서히 위로 올라갔다.

"헉! 크억! 크어어억!"

허영의 육체가 크게 떨리기 시작하며 그의 입술에서 봇물처럼 피가 튀어나왔다. 허영은 무슨 말인가 하려 했지만 이미 검이 그의 명치를 지나 가슴까지 올라온 상태였다.

"잘 가시오."

형원이 짧게 한마디 던지더니 그를 밀었다.

퍽!

땅에 쓰러진 허영의 복부에 박힌 검이 밝게 빛나고 있다. 그 모습을 보던 동진이 혀를 찼다.

"쓸데없이 왜 떨어져 나와서는… 쯧!"

동진은 옛 친구의 시신 앞에서 아무 동요도 없는 눈빛을 보였다. 형원이 죽은 허영의 시신을 품에 안고 일어섰다.

"갑시다."

슬픈 표정으로 한마디 던진 뒤 형원은 독선문으로 향했다.

쉬아아악!

바람 소리와 함께 땀에 젖은 임정의 모습이 독선문의 담을 넘었다. 그녀는 반쯤 불에 탄 대전의 모습에 굳은 표정을 보이며 시체를 치우는 무사들의 모습에 혀를 찼다. 그녀가 나타나자 독선문의 무사들이 일제히 허리를 숙였다. 하지만 모두들 슬픈 표정으로 임정에게 왜 이제야 나타났는지 묻고 있는 것 같았다.

임정이 굳은 표정으로 대전의 문을 열었다. 그러자 가장 상석에 앉아 있는 형원이 눈에 들어왔다.

"홍!"

형원은 임정을 보았지만 그녀에게 슬쩍 시선만 던질 뿐이다. 그 옆으로 여섯 명의 장로가 서 있고 대전의 중앙에는 네 구의 시체가 늘어서 있다. 모두 낯이 익은 얼굴들로 총단에 있던 장로들이다.

임정의 눈에 살기가 맴돌며 그녀의 차가운 기운이 사방으로 퍼져 나갔다. 임정이 강한 기도를 내뿜으며 고개를 들어 형원을 처다보았다.

"어떻게 되었지?"

"보면 모르시오? 사저께서 집을 비우신 사이에 이리된 것이오."

퉁명스러운 형원의 대답에 임정이 아미를 찌푸렸다. 그는 의자에서 일어나지도 않았기 때문이다. 형원은 마치 자신이 그 상석의 주인이라도 되는 듯 굴었고, 그 태도가 마음에 안 드는 그녀였다. 무엇보다 자신을 책망하는 그의 눈빛이 거슬렸다.

하지만 지금은 그런 것이 중요한 게 아니라 장로들이 죽었다는 점이 중요했다. 임정의 어깨가 흔들리기 시작했다.

＊　　　　＊　　　　＊

"우리가 왔을 때… 이미……."

동진의 목소리에 임정은 심장이 무거워지는 것을 느꼈다. 자신이 있었다면 적어도 이런 일은 없었을 것이다.

"해남파와 천문성이 왔는데 누가 왔나요?"

"해남의 장로인 장수오가 왔었네."

조금 마른 체구에 나뭇가지 같은 팔을 가진 비대오가 말했다. 비대오는 독초를 연구하는 장로로 식물에 관해선 독선문에서도 가장 조예가 깊은 인물이다.

"그자의 목을 가져와야겠어요."

"천문성에선 문가호라는 친구가 왔었다는군."

동진의 말에 임정은 고개를 미미하게 끄덕였다. 그러다 문득 마애가 떠올랐다.

"마 동생은 어디 갔나요?"

"장수오를 쫓고 있네."

"혼자서요?"

"수하들과 같이 갔으니 걱정하지 말게나."

임정이 동진의 말에 아미를 찌푸리자 형원이 말했다.

"말릴 틈도 없이 사라졌는데 어찌하겠소? 걱정은 되지만 나도 운무산을 오래 비울 수가 없으니 여기가 정리되는 대로 다시 가겠소이다."

"그래서 안 쫓아갔다는 소리로군."

"마 사매는 사저께서 챙기셔야지요?"

형원의 말에 임정이 인상을 찌푸렸다. 그는 이 상황에 분노

하는 게 아니라 마치 즐기는 것 같았다. 그녀의 본능적인 직감이 이상하다고 전했다.

"어디를 갔었나?"

동진의 물음에 임정은 짧은 숨을 내쉬었다.

"모용세가의 일 때문에 계림에 잠깐 갔었어요. 그런데 그 사이에 이런 일이 생기다니……."

"총단을 비운다는 게 말이 되는 소린가?"

다른 장로의 물음이고, 임정은 또다시 짧은 숨을 내쉬었다. 이곳을 비운 것은 사실이기 때문이다. 그렇다고 장로들에게 사과할 생각은 없었다. 문주의 대리도 문주였고, 문주는 절대 사과를 하지 않는다고 배웠기 때문이다.

"자네가 있었다면 총단이 이리되지는 않았겠지. 다행히도 형원이 일찍 와주었기에 이 정도로 그쳤지 그렇지 않았다면 총단은 재가 되었을 것이네."

장로인 동진이 책망하듯 말했다. 그의 목소리에 임정은 고개를 끄덕였다. 그의 말은 사실이고 자신의 실책이라 여겼다. 자신을 스스로 책망했지만 장로들에게 고개를 숙이고 싶지는 않았다.

"수고했어."

임정이 형원에게 한마디 던졌다. 형원은 그 목소리에 가시가 있는 것 같아 미소를 보이며 자리에서 일어섰다. 그녀의 모습에서 죄책감을 읽은 형원은 섭선을 펼쳤다.

"사저께서 안 계셨기 때문에 일어난 일이 아니라 그들의 계획이었겠지요. 이는 사저의 책임이 아니니 너무 크게 자신을 책망하지 마시구려."

"그러지."

임정은 싸늘한 눈빛으로 짧게 대답했다. 곧 여섯 명의 장로와 형원이 자리를 떠나기 위해 신형을 돌렸다. 그때 문을 열고 진파랑이 들어왔다. 낯선 사내의 등장에 사람들의 시선이 문으로 쏠렸다.

장로들과 형원의 시선을 받은 진파랑은 문을 닫고 임정의 뒷모습을 쳐다보며 다가갔다. 임정이 진파랑의 기도를 느끼고 말했다.

"제 친구예요."

"진파랑이오."

그녀의 말에 진파랑이 인사하자 형원의 눈빛이 차갑게 번뜩였다. 진파랑의 명성을 익히 들어 알고 있기 때문이다. 그리고 그가 이곳에 있다는 것에 신기한 생각이 들었다.

"형원이라 하오."

"자네가 진파랑이로군."

비대오가 흥미로운 시선으로 그를 쳐다보았다. 그가 천외성에서 한 일과 천문성과의 관계를 알기 때문이다.

"후후후……."

형원은 가벼운 미소를 흘리며 다른 장로들과 함께 사라졌고 비대오가 남았다. 비대오는 약초를 캐기 위해 산속에서 지내다 소식을 듣고 나타난 후였고, 그 덕에 살았다는 것을 그는 모르고 있었다. 만약 그가 총단에 있었다면 그 역시 형원의 손에 죽었을 것이다.

그 사실을 모르는 비대오는 그저 지금의 사태에 분노하며 자신의 책무를 다하지 못하고 계림으로 사라진 임정을 원망했다.

"사제야."

진파랑이 옆에 나타나 죽은 장로들을 쳐다보고 있자 임정이 짧게 말했다. 그녀의 목소리에 진파랑이 고개를 끄덕였다.

"사이가 안 좋은 모양이군?"

"그리 보여?"

"그래."

진파랑은 형원과 임정 사이에 이상한 기류가 흐르고 있다고 생각했다. 그 기류는 우호적으로 보이지 않았다.

그때 문이 열리고 독선문의 무사들이 관을 들고 우르르 들어와 죽은 장로들을 관에 실었다.

"어디로 가게?"

"지하 옥방으로 일단 모시랍니다."

"누가?"

"형 각주님이 시키셨습니다."

임정의 물음에 수하가 대답했다. 임정이 고개를 끄덕이고 얼마 지나지 않아 관은 조사당 옆에 있는 지하 옥방으로 옮겨졌다. 그들이 나가자 비대오가 빈 의자에 앉았다. 비대오는 옆에 놓은 다탁에서 차를 따라 마시며 짧은 수염을 쓰다듬었다. 그가 진파랑에게 시선을 던졌다.

"자네도 앉지."

임정은 말없이 태사의에 앉았고, 진파랑은 비대오가 권하는 그의 옆자리에 앉았다. 태사의에 앉은 임정은 깊은 고민에 빠진 표정이다.

진파랑이 앉자 비대오가 물었다.

"자네는 본 문과 무슨 관계인가?"

"인연은 깊고 좋은 관계입니다."

비대오는 그 말에 잠깐 생각했다. 그의 말뜻은 상당한 관계라고 해석되었고, 비대오는 재미있다는 눈빛을 던졌다.

"문주도 속이 능구렁이군. 이런 일이 생길지 몰라 대비하려는 것인가?"

"무슨 말씀이신지요?"

진파랑의 물음에 비대오가 손을 저었다.

"아무것도 아니네. 그냥 문주의 속을 알다가도 모를 것 같아서 한 말이네."

그의 말에 임정이 고개를 들었다.

"스승님의 뜻이라니요?"

임정의 물음에 비대오가 마른 장작 같은 손을 휘휘 저으며 대답했다.

"오늘 이렇게 죽은 친구들을 보니 문주의 속이 궁금해져서 한 말이네. 사실 이 나이가 되면 친구들의 죽음이 슬프기보다 나한테 일어날 미래로 보여 불안하지. 내일 내가 저리 될지도 모르니 말이야. 하나 다른 장로들은 젊어."

"무슨 소리인지 잘 모르겠어요."

"그냥 늙은이가 하는 말이야. 이해하려 하지 말고 들어."

"전부터 생각했지만 비 장로님과는 친해지기 어렵네요."

임정이 고개를 저으며 주름을 깊이 그렸다.

"나는 외톨이라 죽을 일도 없고 누구의 편에 설 일도 없으니 그저 좋기만 하네. 내 제자가 있는데 나름대로 쓸 만할 거야. 그 녀석을 나중에 보낼 테니 잘 부탁해."

"알아서 하세요."

임정이 퉁명스럽게 답했다. 그의 말은 알아들을 것 같으면서도 이해하기 어렵고 애매모호한 구석이 많았다. 임정은 그런 말이 귀찮고 싫었다.

비대오가 다시 말했다.

"형오가 죽었으니 예소가 슬퍼하겠군."

"네."

임정의 대답에 힘이 없었다. 형오는 예소의 스승 중 한 명이었기 때문이다. 비대오가 진파랑에서 시선을 돌렸다.

"차 한잔하겠나? 상당히 특별한 차라네."

슥!

찻잔을 내민 비대오가 주전자를 들며 다시 말했다.

"귀한 거지. 자네의 몸에 잘 맞을 것이네. 독이 아니니 걱정하지 말게나."

쪼르륵!

약간 붉은 기운이 감도는 찻물이다. 진파랑은 그 향기가 강하다는 것에 흥미를 느꼈다.

"몸에 좋은 것이라네."

"몸에 좋은 거라니요? 뭔데요?"

임정이 문득 의심스러운 눈빛으로 묻자 비대오가 미소를 보였다.

"쭉 마시게."

진파랑은 그 말에 미소를 보이며 마셨다. 쭉 한 잔 비우고 찻잔을 내려놓은 진파랑이 쌉쌀한 맛에 입맛을 다시며 물었다.

"무슨 차입니까?"

비대오가 흐뭇한 미소를 보이며 대답했다.

"태양초라는 차라네."

"독초잖아요?"

임정이 놀라 묻자 비대오가 손을 저었다.

"태양초에 홍삼을 좀 섞고 당귀와 오미자를 듬뿍 넣었지. 쌉쌀하고 신맛은 그 때문이네. 그런데 이 차를 한 잔 마시면

한 달 동안 아침마다 힘들 것이네."

비대오가 무릎을 치며 웃었다. 진파랑은 그 말이 무슨 말인지 몰라 궁금한 표정을 지었다. 비대오가 다시 말했다.

"불끈거리는 차라고 하네. 한 달 동안은 하루 종일 시도 때도 없이 불끈거릴 테니 고생 좀 할 것이네. 하하하! 약 기운은 한 달 정도면 사라지나 그사이에 꽤 참기 힘들 것이야. 다행이라면 자네 주변에 여자가 많으니 알아서 잘 골라 덮치면 되네. 정아도 좋지만 예소도 좋다네. 마애가 오면 마애도 좋지. 후후후."

"장로님!"

임정이 놀라 자리에서 일어서자 비대오가 손뼉을 치며 일어섰다.

"남녀의 일이야 알다가도 모를 일이지만 한 달 안에 결정하게나. 의외로 참기 힘들 것이네. 하하하하!"

비대오가 웃으며 밖으로 나갔다. 그가 나가자 임정이 주먹을 쥐며 외쳤다.

"해약을 주세요!"

"해약은 여자니라!"

비대오의 목소리가 크게 울렸고, 임정의 얼굴이 붉게 물들었다. 진파랑은 별다른 몸의 변화가 없기에 크게 신경 쓰지 않았다. 하지만 임정은 걱정스러운 표정으로 말했다.

"비 장로님은 원래 장난을 좋아하시지만 이번 일은 좀 심한 것 같아. 이해해."

"좋은 분 같은데?"

"좋은 분이긴 하셔."

임정은 고개를 끄덕이며 아무런 변화가 없는 진파랑의 모습에 안심했다.

"재미있는 분이로군. 정력에 좋다는 말인데… 나 말고 정력이 약해진 나이 많은 분들에게 더욱 좋은 차일 테니 팔지 그래?"

주전자를 들어 향을 맡아보던 진파랑이 물었다. 이런 차라면 많은 사람들에게 인기를 얻을 것이고, 큰 부를 축적할 수 있다고 생각했다.

"그랬다면 진즉에 팔았지. 효과가 너무 강해서 안 파는 거야. 지금은 아무렇지도 않아 보이지만 내일부터가 문제야."

"그래? 내일이 되어보면 알겠지."

진파랑의 대답에 임정은 고개를 저었다. 내일이 되면 상당히 놀랄 게 분명해 보였다.

"그것보다 마애를 찾아야겠는데… 걱정돼서 가봐야겠어."

"너는 총단을 지켜야 하니 내가 가지."

"애들을 붙여줄게."

"좋아."

진파랑이 자리에서 일어서자 임정은 마애를 추적할 수하들을 불렀다.

"크아악!"

비명이 산등선 사이로 메아리쳤다.

파팍!

수풀을 헤치고 앞으로 나선 마애는 피에 젖은 혈귀와도 같았다. 그녀는 앞에서 검을 찔러오는 천문성의 무사를 향해 왼손을 뻗어 팔뚝을 잡고는 손톱으로 깊이 찔렀다.

"큭!"

신음성과 함께 천문성의 무사가 비틀거리자 마애는 재빨리 뒤로 빠졌다. 그 순간 그 무사의 안색이 바뀌더니 거품을 물고 쓰러졌다. 독에 당한 것이다.

그녀의 독에 당한 천문성과 해남파의 무사가 백 명이 넘었고, 그 수는 계속 늘어가고 있었다.

그녀의 주변으로 시신들이 널브러져 있고, 더 이상 움직이는 사람이 없었다. 좀 전의 무사가 마지막 무사였다.

"개 같은 것들."

마애의 목소리가 조용히 울렸다. 천문성과 해남파의 무사들은 몇 명만을 남기고 모두 후퇴한 상황이다. 재빨리 쫓았지만 소수의 매복만이 자신의 공격을 막으며 시간을 벌고 있었다. 그들이 시간을 버는 사이 본대는 빠르게 빠지고 있었다.

"당주님."

세 명의 수하가 그녀의 옆에 나타났다. 모두 건장한 청년들로 붉은 홍의를 입고 있었다.

"왜?"

"모두 개봉산을 넘어 윤하에서 배에 올랐다고 합니다."

쾅!

마애의 손이 옆에 있는 나무기둥을 강하게 가격하자 폭음과 함께 커다란 나무가 쓰러졌다.

"돌아가자."

"예!"

수하들의 대답과 함께 마애가 숲을 빠져나갔다. 그녀의 뒤로 순찰당의 무사들이 모여들었다. 대로를 지나 빠르게 이동하던 그녀와 오십여 명의 수하들은 저 멀리서 다가오는 이백이 넘는 무리를 발견하고 걸음을 멈춰야 했다.

그들의 가장 앞에는 독선문의 장로인 서진이 있었다.

"마 당주."

서진이 빠르게 다가오며 반갑게 마애를 불렀다. 마애 역시 그가 나타나자 허리를 숙였다.

"서 장로님께서 여기까지 무슨 일로 오셨어요?"

"그렇게 혼자 가면 어떻게 하는가? 당연히 걱정되니 따라온 것이라네."

"아······."

마애가 고개를 끄덕이자 서진은 지쳐 보이는 순찰당의 무사들을 둘러보며 물었다.

"적들은?"

"윤하를 넘었다고 해요."

"포기해야겠군."

서진은 아쉬운 듯 표정이 굳었다.

第七章
물어오는 송곳니

마애와 마주 서 있는 서진은 아쉬움에 가득 차 있었다.

"내가 조금만 더 빨리 왔더라면 한 놈이라도 더 죽이는 건데… 다친 곳은 없느냐?"

"보시다시피 문제는 없어요."

마애가 양 소매를 들어 보이며 답했다. 그녀의 호면 속 눈동자는 변함이 없어 보였고, 그걸로 마애의 생각을 읽는 것은 불가능했다.

"꽤나 고생한 모양이군."

서진은 마애와 순찰당원들의 행색이 거칠어 보이자 물었다. 그 물음에 마애의 목소리가 잠겼다.

"저들을 죽이는 일인데 고생할 일이 뭐가 있죠? 이만 돌아가요."

그녀의 말에 서진이 미소를 보이며 손을 들었다. 그 순간 그의 뒤에 있던 흑색 무리가 일제히 순찰당원들을 향해 달려들었다.

"……!"

마애의 눈이 커졌고, 그 순간 서진의 손이 마애의 목을 향해 뻗어 나왔다. 비쾌한 속도에 놀라며 마애는 순간 신형을 뒤로 물렸다.

팟!

서진의 손이 마애의 목이 아닌 옷깃을 잡아챘다. 거칠게 그녀의 웃옷이 뜯겨 나가며 속옷이 보였다.

"무슨 짓이냐!"

"보면 몰라?"

서진이 손에 잡힌 마애의 붉은 비단옷을 쳐다보며 살기를 보였다.

"크아악!"

"으악!"

비명이 울렸다. 순찰당원들의 비명이고 기습에 당한 자들의 목소리였다.

"빌어먹을 새끼가!"

마애는 달려들려고 했지만 죽어가는 수하들의 목소리에

재빨리 뒤로 물러섰다.

"후퇴해!"

그녀의 외침에 순찰당원들이 뒤로 물러서다 도망치기 시작했다. 마애는 서진의 수하 십여 명을 손으로 찌른 뒤 뒤따랐다.

서진은 마애의 모습을 눈에 담으며 급하게 나서지 않았다. 어차피 그녀는 독 안에 든 쥐였고, 이곳에서 그녀가 갈 곳은 멀지 않은 백사산이었기 때문이다.

"쫓는다."

서진의 목소리에 검은 무리가 일제히 마애의 뒤를 따라 움직였다.

"크아악!"

백사산의 초입에서 들리는 비명이 사방으로 퍼져 나갔다. 그 비명 사이로 마애의 신형이 움직였고, 그녀의 주변으로 단 두 명의 수하만이 함께하고 있었다.

쉬쉭!

바람처럼 서진의 검은 장영이 마애를 향했다. 마애는 어금니를 깨물며 쌍수를 내밀어 받았다.

쾅!

"큭!"

마애의 호면에서 신음이 터졌고, 그녀의 신형이 뒤로 밀려

나갔다. 그사이 남은 두 명의 순찰당원이 서진의 손에 죽어가고 있다.

퍼퍽!

서진의 장법에 얼굴을 격중당한 두 순찰당원이 피를 토하며 비명도 없이 쓰러졌다. 그들의 얼굴은 검게 변해 있었는데 서진의 손도 검은색이었다.

"묵사장(墨死掌)……."

마애는 죽은 순찰당원들의 얼굴에 검은 손자국이 나 있는 것을 보고 중얼거렸다. 마치 먹물에 찍어 바른 손도장 같았다.

"마애야."

서진의 말에 마애는 붉은 혈수를 늘어뜨리며 그를 노려보았다. 자신의 순찰당원들은 이미 처음의 기습에 거의 대다수 죽었으며 남은 자들도 백사산으로 오는 동안 죽었기 때문이다. 그 원한이 서진을 향하고 있었다.

천문성과 해남파에 대한 원한보다 지금 눈앞에 서 있는 서진을 향한 복수심이 더욱 강했다.

"닥쳐."

마애의 낮은 목소리에 서진은 미소를 보였다. 그의 뒤로 수많은 검은 무사들이 모습을 보였다. 그들은 이미 마애를 포위한 상태였다.

서진이 말했다.

"쓸데없이 나를 힘들게 하지 말고 조용히 죽자."

그의 목소리에 마애가 어깨를 떨었다. 어릴 때 간혹 놀아주던 서진의 모습이 아직 그녀의 머릿속에 남아 있었기 때문이다. 하지만 그건 어디까지나 작은 추억일 뿐 지금의 상황에 아무런 영향도 주지 않았다.

"감히⋯ 나를 죽이겠다고? 웃기는 소리로군."

"그래도 문주의 제자라고 기백은 있구나."

서진의 목소리에 마애는 양손을 눈앞으로 들어 올렸다. 그녀의 붉은 손이 더욱 짙은 색을 띠기 시작했다.

"본 문을 배신한 이유가 뭐지?"

마애의 목소리에 서진이 당연하다는 듯 대답했다.

"문주가 마음에 안 들어."

"풋! 호호호! 아하하하!"

마애의 웃음소리가 호탕하게 울려 퍼졌다. 서진은 그녀의 발악 같은 웃음소리에 여유 있는 표정으로 미소를 던졌다. 마애의 목소리가 흘러나왔다.

"단순해서 좋군."

서진이 고개를 끄덕이며 양손을 다시 앞으로 뻗으려 했다. 그 순간 마애가 가면을 벗었다. 그 행동에 서진의 표정이 굳었다. 그녀가 가면을 벗은 것이 처음이기 때문이다. 서진은 마애의 얼굴을 보고는 살짝 미간을 찌푸렸다. 반쪽짜리 얼굴이었기 때문이다.

마애의 입술이 비릿한 조소와 함께 위로 올라가더니 곧 입을 벌리고 혀를 내밀었다. 그 혀끝에 검은색 작은 단이 있다.

"베!"

약 올리듯 혀를 내민 그녀가 곧 검은 단을 입에 넣으며 말했다.

"비장의 한 수가 없을 것 같아?"

마애의 말에 서진은 인상을 찌푸렸고, 그 순간 머리카락이 흔들리는 게 느껴졌다. 바람이 그를 향해 부는 중이다.

딱!

마애의 입안에서 뭔가 깨지는 소리가 울리는 순간 그녀의 입술 사이로 검은 운무가 바람과 함께 서진을 향해 날아들었다.

"망할 년!"

서진이 놀라 뒤로 물러섰다. 그 찰나의 순간 마애가 땅을 강하게 굴러 흙먼지를 피웠다.

쾅!

폭음과 함께 황색 탄이 터지는 소리가 울렸고, 마애의 신형이 바람 속에서 회전하자 바람과 함께 검은 운무와 황색 운무가 사방으로 퍼져 나갔다.

"모두 피해라!"

서진의 외침이 터짐과 동시에 마애를 포위하고 있던 무사들이 일제히 물러섰다.

"아악!"

"큭!"

북쪽에서 비명이 터졌고, 그 사이로 마애의 신형이 사라지고 있었다. 하지만 서진은 운무에 가려 접근하지 못하고 오히려 뒤로 더욱 멀리 멀어졌다. 한 호흡만으로도 황소 열 마리는 죽일 수 있는 독이 분명했기 때문이다.

"절혼독을 입안에 숨겨놓고 있었다니… 개 같은 년."

"크아악!"

여기저기에서 수하들의 비명이 울렸다. 그들은 마애가 만들어놓은 검은 구름과 황색 구름을 들이마신 사람들이었다. 하지만 해약이 없는 이상 어찌할 방법이 없었다. 적어도 반 시진 안에 해약을 먹어야 한다. 그렇지 않다면 고통 속에서 죽어갈 것이다.

*　　*　　*

"허억! 허억!"

사냥꾼들이 사용하는 작은 움막에 들어선 마애는 벽에 기댄 채 숨을 헐떡이고 있었다. 그녀의 입술 사이로 핏방울이 흘러내리고 있고 웃옷은 속옷만 입고 있는 상태였다. 어깨에는 검상이 있고 등에도 검상이 있었다.

그녀는 여기저기 찢어진 치맛자락을 아랫배까지 찢어 올린 뒤 움직이기 편하게 허벅지에 묶었다.

"죽여 버리겠어. 허억! 허억!"

숨을 몰아쉬던 그녀는 허리에 걸려 있는 향낭에서 작은 호리병을 꺼내 그 안에 든 내상약을 입안에 털어 넣었다. 짙은 향과 역한 냄새가 동시에 움막에 퍼졌다.

'나를 죽이려 했다면 총단의 장로분들도 위험하겠어. 아니, 이미 모두 죽었을까? 스승님과 언니가 없는 틈을 타 이렇게 이빨을 드러낼 줄이야.'

마애는 이런저런 생각으로 정신이 혼미해지는 것 같았다.

"시간이 없어."

마애는 백사산의 깊숙한 곳에 위치한 독곡을 떠올리며 중얼거렸다. 그곳까지 가게 된다면 아무리 서진이라 하더라도 쉽게 접근하지는 못할 것이다. 그곳은 뱀을 다루고 독에 능한 마애이기에 갈 수 있는 곳이었다.

그녀는 적어도 두 시진 정도는 시간을 벌었다고 생각했다. 그 사이에 운기를 마치고 다시 움직여야 했다.

가부좌를 한 채 운기에 몰두하던 그녀는 시간이 가는 줄도 모르게 내상의 치유에 집중하고 있었다. 적은 시간이라도 쪼개서 살 방법을 강구해야 했기 때문이다.

쉬쉬쉭!

숲에서 들리는 바람 소리가 이질적으로 느껴져 운기를 하던 마애는 인상을 굳히며 눈을 떠야 했다.

"빨라."

마애는 자신의 예상보다 빠르게 서진이 나타난 것에 이빨을 깨물었다.

"이런 곳에서 쉬고 있었나?"

문밖에서 들리는 목소리에 마애는 자리에서 일어섰다. 그 순간 창을 통해 두 명의 무사가 검과 함께 나타나 공격해 왔다. 마애의 양손이 그들의 검을 타고 순식간에 목을 스쳤다.

퍼퍽!

피가 흘렀고, 그녀의 손끝에 스친 두 명의 무사가 목을 부여잡고 바닥에 쓰러졌다. 그 모습을 보던 마애가 문을 열고 밖으로 나갔다.

작은 공터가 있고 그 앞에는 서진이 서 있다. 그 뒤로 많은 무리가 그녀의 눈에 들어왔다.

"꽤 멀리 간 줄 알았더니 겨우 여기였어? 좀 더 도망치지 그랬나?"

"누구의 생각이지? 아니, 누구의 계략이냐?"

"누구겠나?"

서진이 되묻자 마애는 서진과 친한 동진을 떠올렸다. 그리고 동진과 서진이 그림자처럼 함께하는 형원을 생각했다.

"이사형이로군."

마애의 말에 서진이 순순히 고개를 끄덕이며 말했다.

"독선문의 차기 문주가 여자라니 그게 말이 되는 소리 같나? 임정에게 차기 문주를 내주겠다고 한 이상 이렇게라도 해야지."

"결국 언니를 죽이겠다고?"

"아마 지금쯤?"

서진의 미소에 마애의 전신으로 강한 살기가 흘러나왔다.

"쳐라."

서진의 낮은 목소리에 십여 명의 흑의 무사가 일제히 마애를 향해 달려들었다. 그 순간 마애의 머리를 스치는 강한 바람이 십여 명의 무사들을 덮쳤다.

퍼퍼퍽!

바람이 달려드는 무사들의 전신을 때리자 그들의 몸에서 수십 개의 균열이 일어나더니 피를 뿌리고 바닥에 쓰러졌다.

"헉!"

서진의 동공이 커졌고, 마애가 굳은 표정으로 바닥에 피를 뿌리고 쓰러진 십여 명의 시신을 쳐다보았다.

"칼바람……."

마애는 이런 바람을 일으키는 인물이 누구인지 잘 알고 있었다.

"당주님!"

외침 소리와 함께 십여 명의 무사가 마애의 뒤로 나타났다. 그들은 남아 있는 순찰당의 무사들로 마애의 충실한 수하들이었다. 그 뒤로 낯이 익은 사내가 지붕 위에 서 있는 것이 보였다. 마애의 시선이 그 사내를 향했다.

"여."

사내가 한 손을 들어 보이며 가볍게 마애의 곁으로 떨어져 내렸다. 그의 손에 들린 백색 도날이 햇살에 반짝였고, 마애가 차갑게 한마디 던졌다.

"늦었어."

그녀의 한마디에 진파랑은 마애의 어깨를 가볍게 두드려 주었다. 서진은 갑작스럽게 나타난 청년을 보고 인상을 찌푸렸다. 무엇보다 그의 한 수에 죽은 수하가 열 명이나 된다는 것에 놀랐다.

"누구냐?"

"진파랑."

진파랑의 한마디에 서진은 그의 이름을 잘 아는 듯 표정이 굳었다. 하지만 그것도 잠시뿐이었다. 어차피 수적으로 우위인지라 이들을 모두 잡을 수 있다고 믿었다.

"모두 죽여라!"

서진의 외침에 서진의 수하들이 일제히 달려들었고, 진파랑이 기다렸다는 듯 앞으로 나서며 도를 들었다. 그의 도광이 번뜩이며 삽시간에 다섯 명의 무사가 피를 뿌리며 쓰러졌다. 그 모습에 서진의 눈이 커졌다. 찰나의 순간에 일어난 일이라, 그의 도기가 어떻게 뻗었는지 눈에 보이지도 않았다.

쉭!

진파랑의 신형이 삽시간에 서진을 향했다.

"합!"

서진은 놀라 양손을 앞으로 뻗으며 묵사장을 펼쳤다. 그의 검은 장영이 거대하게 진파랑을 눌렀지만 빛과 함께 거짓말처럼 좌우로 갈라졌다. 그 사이로 도광이 번뜩이는 게 보였고, 어느새 진파랑의 신형이 서진의 눈앞에 서 있다. 그건 마치 귀신 같아 사람이 움직인 것처럼 보이지 않았다.

이 장의 거리에 있던 사람이 어떻게 눈앞에 서 있을 수 있을까? 놀라지 않을 수 없었다.

"헉!"

서진은 놀라 눈을 부릅떴고, 진파랑은 그의 어깨를 두드리며 옆으로 물러나 수하들을 향해 도를 들었다. 진파랑의 행동이 서진의 눈에 들어왔지만 몸이 말을 듣지 않았다. 마치 머리와 몸이 따로 분리된 듯한 기분이 들었다. 바람이 불며 서진의 목에 긴 혈선이 그려졌다.

픽!

서진의 목에서 피가 분수처럼 튀었다.

＊　　　＊　　　＊

서진이 방심한 틈을 타 파랑일도를 펼친 진파랑은 공격해오는 흑의 무인들을 베어가고 있었다. 그의 도가 다가오는 자들의 목을 여지없이 베고 지나쳤다. 그렇게 이십여 명을 베어버리자 흑의 무인들도 겁이 났는지 접근하지 못하고 물러서다 서로의 눈치를 보기 시작했다.

그들을 이끄는 서진이 없는 이상 이곳에 남아 쓸데없이 목숨을 잃기는 싫어 보였다. 진파랑도 다가오지 않는 그들에게 더 이상 도를 겨누지 않았다.

"모두 죽여."

마애의 목소리에 진파랑이 다시 한 발 나섰다.

"후퇴한다."

"퇴각!"

진파랑이 한 발 나섰을 뿐인데 큰 목소리가 뒤에서 울렸고, 삽시간에 썰물처럼 흑의인들이 빠져나갔다.

진파랑은 죽은 시신들을 둘러보다 우두커니 서 있는 마애를 쳐다보았다. 마애는 군은 표정으로 쓰러진 시신들을 둘러보고 있었다.

"괜찮으십니까?"

"당주님."

마애의 뒤로 늘어선 순찰당의 무사들이 물었지만 마애는 대답하지 않았다. 그녀는 싸늘한 표정으로 속옷만 입고 있다는 사실조차 잊은 듯 보였다.

그녀는 곧 옆에 누워 있는 시신 중 한 구의 옷을 벗겨 위에 걸쳤다. 진파랑이 마애의 밀랍 같은 얼굴을 쳐다보며 물었다.

"아무리 봐도 독선문의 사람들 같은데 어떻게 된 일이야?"

"보면 몰라? 나를 죽이려 했잖아."

짜증이 가득한 그녀의 목소리에 진파랑은 내부적으로 문제가 생겼다는 것을 알았다. 마애가 다시 말했다.

"언니가 위험해."

그녀의 한마디에 진파랑의 표정이 굳었다. 진파랑은 멍하니 서 있는 마애를 보더니 품에서 여우 가면을 꺼내 내밀었다.

가면을 본 마애의 눈이 커지며 진파랑을 향해 고개를 들었다. 그녀는 소중한 가면을 다시 찾게 되자 기분이 좋아졌다.

"어떻게?"

마애의 물음에 진파랑이 웃으며 말했다.

"이게 없으면 안 되잖아?"

그의 말에 마애의 표정이 본래의 모습으로 돌아오더니 재빨리 가면을 받아 쥐었다. 그녀는 곧 가면을 쓰더니 활력이 돌아온 듯 강한 기운을 내뿜기 시작했다.

"가면 때문에 쉽게 찾을 수 있었어."

"고마워."

마애의 퉁명스러운 한마디에 진파랑이 고개를 끄덕였다. 그녀의 가면이 주변에 떨어져 있었기 때문에 그 흔적을 쫓기 수월했고, 급하게 움직였다. 마애에게 가면은 생명과도 같았기 때문이다.

마애는 진파랑이 가면을 내밀자 놀랄 수밖에 없었다. 그녀는 심장이 크게 뛰는 것을 느꼈지만 애써 아무렇지도 않은 척했다. 하지만 진파랑의 넓은 등이 눈에 들어오자 참지 못했다.

"업어줘."

"뭐?"

진파랑은 자신이 잘못 들은 것 같은 표정으로 고개를 돌렸다. 그러자 마애가 다시 말했다.

"수하들에게 업혀서 갈 수는 없잖아. 난 환자라고. 다리도 다쳐서 걷기 힘들어."

그녀의 말에 진파랑은 마애의 행색을 살폈다. 그녀의 치마가 잘려서 양발에 바지처럼 묶여 있는 게 보였다. 다리도 여기저기 긁힌 상처가 눈에 띄었던지라 아프다는 말이 거짓으로 들리지 않았다.

"업어줘."

다시 한 번 말하는 마애에게 진파랑은 깊은 숨을 내쉬며 등을 보였다. 마애가 재빨리 진파랑의 등에 업혔다.

"너희들은 여기 치우고 따라오도록 해."

"예."

마애의 말에 남은 수하들이 대답하자 진파랑은 혀를 차며 천천히 걸음을 옮겼다. 마애는 진파랑의 어깨에 고개를 기대려다 가면이 걸리자 살짝 벗어 머리 위에 걸쳤다. 그리고 다시 고개를 기대며 말했다.

"나를 죽이고 싶을 텐데도 업어주는 거야?"

마애의 물음에 진파랑은 어이없다는 듯 대답했다.

"이미 지난 일이야. 더욱이… 날 살렸잖아."

진파랑의 대답에 마애는 그의 목을 끌어안고 고개를 묻었다. 그의 말이 모두 사실이지만 은원이 해결됐다고 해서 응어리진 마음이 모두 풀릴까? 분명 풀리지 않을 것이다. 마애는 그것을 잘 알고 있었으며 진파랑의 마음속에 자신이 없다는 것도 알고 있었다. 하지만 이런 친절함이 싫지는 않았다.

"바보 같은 놈."

마애의 말을 들은 진파랑은 미소를 보인 뒤 빠르게 걸음을 옮겼다.

대전의 상석에 홀로 앉아 있는 임정은 여전히 굳은 표정이었다. 오전부터 그녀는 혼자였고 정오가 다 되어도 찾아오는 사람이 없었다. 아니, 들어오지 못하고 있었다. 임정의 기분이 나빴기 때문이다.

"이 새끼들을 어떻게 해야 내 기분이 풀리지?"

임정은 천문성과 해남파를 생각하며 분을 삭이고 있었다. 총단이 공격받은 것은 처음 있는 일이다. 무엇보다 그녀가 자리를 지키고 있을 때 일어난 일이기 때문에 책임감도 컸다.

"큰일이군."

임정은 이 일을 계기로 스승의 압박이 더욱 커질 것이란 것을 잘 알고 있었다. 또한 독선문에 협조하는 여러 문파의 입김도 강해질 것이라 여겼다. 이런저런 상황을 생각하며 임정은 인생 최대의 고비를 맞이한 것이라 여겼다.

발소리와 함께 문을 열고 들어온 형원은 홀로 앉아 있는 임정의 얼굴빛이 어두워 보이자 미소를 던졌다.

"혼자서 무얼 그렇게 생각하시오?"

형원의 등장에 임정은 생각을 접고 다탁에 놓인 차를 마셨다. 형원이 옆에 놓인 의자에 앉았다. 임정은 그가 나타나자 미간을 찌푸렸다.

"아직도 안 갔어?"

"스승님을 뵙고 가려고 기다리는 중이지요."

형원의 말에 임정은 문득 그가 노리는 게 있다는 생각이 들었다.

"네 공은 인정하지만 그렇다고 너무 기대하지는 마라."

"스승님의 칭찬을 기대하는 것이 아니오."

형원의 말에 임정은 고개를 끄덕였다. 그게 본심이 아니라는 것을 잘 알고 있기 때문이다.

"이 사건을 계기로 네 입지가 커지겠구나."

임정의 말에 형원의 입술이 살짝 올라갔다.

"물론이오."

형원이 고개를 끄덕였다. 임정의 말처럼 이번 사건을 계기로 자신의 입지가 임정에 비해 높아질 것이 분명했다. 그렇다는 것은 차기 문주의 자리에 더욱더 가까이에 갔다는 것을 의미했다. 자신을 따르는 사람들이 늘어나는 것은 좋은 일이었다.

"너무 기뻐하지 말거라. 운무산을 오래 비워뒀다가 천문성에게 뒤통수라도 맞게 된다면 네 공로는 모두 허사가 될 테니까."

"걱정하지 마시오. 사저께서 그렇게 말 안 해도 알아서 잘할 테니 말이오."

형원의 말속에 가시가 있는 것 같아 임정은 기분이 썩 좋지 않았다. 마음 같아서는 형원의 싸대기를 마구 때리고 싶었지만 지금은 자제해야 했다.

"점심이나 같이 먹겠소?"

"됐어."

임정의 짧은 대답에 형원이 고개를 끄덕이며 자리에서 일어섰다.

"식사나 함께 하려 했는데 거절하시니 혼자 먹어야겠소이다. 그럼."

형원이 가볍게 묵례를 하고 나가자 임정은 그저 시선만 슬쩍 그에게 던진 뒤 다시 생각에 잠겼다. 여전히 같은 자세이고 같은 표정이었다.

밖으로 나온 형원은 급하게 다가오는 수하를 발견하고 잠시 걸음을 멈췄다. 그 수하가 형원의 귀에 대고 뭔가를 말하자 형원의 표정이 차갑게 굳었다.

형원은 급하게 후원으로 향했다.

후원에 들어서자 기다렸다는 듯이 삼십 대 후반의 최락이 다가왔다. 최락은 발이 빠른 자였고, 정보를 담당하는 인물로 형원을 따르고 있었다. 그의 옆에 동진이 서 있었다.

"마애가 어찌 되었다고?"

형원이 묻자 최락이 얼른 대답했다.

"놓쳤다고 합니다."

"서 장로님은?"

"죽었습니다."

형원은 서진이 죽었다는 것에 매우 놀랐다. 그는 장로들 중에서도 꽤 강한 무공을 지닌 인물이었기 때문이다.

"일단 안으로 듭시다."

형원이 서재로 향하며 말하자 최락과 동진이 따라 들어왔다.

의자에 앉은 형원은 차를 따라 마시며 숨을 돌렸다. 그 앞에 동진이 앉고 최락은 서 있었다.

"설명해 봐."

형원의 물음에 최락이 대답했다.

"서 장로님께서 마애를 거의 잡았으나 진파랑이란 자가 나타났다고 합니다. 그는 서 장로님을 죽이고 마래와 함께 이리로 오고 있습니다."

"진파랑……."

형원은 주먹을 쥐며 어깨를 떨었다. 그자의 등장으로 다 잡은 고기를 놓쳤기 때문이다.

"남은 수하들은?"

"모두 운무산으로 돌려 보냈습니다. 이곳으로 오면 임정이 의심할 게 분명하니까요. 거기다 예소도 내일 아침이면 도착한다고 합니다."

최락의 말에 동진이 입을 열었다.

"마애의 수하 중 발이 빠른 자들은 벌써 이곳으로 오고 있겠지?"

"예."

최락이 대답했고, 동진은 수염을 쓰다듬으며 고개를 끄덕였다. 형원은 더욱 어두운 표정으로 차를 다시 마셨다.

"저녁때쯤이면 임정도 알겠군."

동진의 말에 형원이 미간을 찌푸렸다. 임정이 알게 되면 분명 자신들을 죽이려 할 것이다. 그녀와 싸우는 것은 두렵지 않으나 분명 자신들도 큰 피해를 입을 것이다.

"운무산으로 돌아가야 할 것 같습니다."

형원의 말에 동진이 인상을 찌푸렸다. 서진도 죽었는데 이대로 운무산으로 돌아가려니 볼일을 보고 뒤를 닦지 않은 느낌이 들었다.

최락이 다시 말했다.

"운무산으로 천문성의 무사들이 밀려오고 있다 합니다."

그의 말에 형원이 표정을 풀며 재미있다는 눈빛을 던졌다.

"양동작전이었나?"

"그런 듯하군. 오히려 잘되었어."

동진의 말에 형원이 짧은 숨을 내쉬었다.

"그들이 운무산으로 들어온다면 더더욱 저희와 손을 잡으려 할 겁니다. 거긴… 그들에게 있어서 갈 수 없는 곳일 테니까요."

"맞는 말이네."

형원의 말에 동진이 미소를 보였다. 그의 말처럼 천문성의 무사들이 들어오기엔 운무산은 너무 험했고 독이 널리 퍼진 지역이었기 때문이다.

"어떻게 해야 할까요? 먼저 선수를 치는 게 좋을지… 아니면 뒤로 물러선 뒤 천문성과 손을 잡는 게 좋을지 고민입니다."

"선수라면 임정을 치자는 말인가?"

"예."

형원의 대답에 동진은 고민스러운 표정을 보였다.

"저녁까지는 시간이 있으니 임정을 먼저 치는 것도 나쁘지는 않을 게야. 하나 그때까지 그년을 죽일 수 있다면 좋은 일이겠지만 문제는 그년의 무공이 만만치 않다는 거지."

동진은 임정을 이길 자신이 없었다. 이긴다 해도 자신 역시 크게 다칠 거라 생각했다. 그리되면 형원의 태도가 어찌 변할지 모르는 일이다. 누구도 믿을 수 없다고 여겼다.

형원이 말했다.

"그년을 잡는 데 조심할 게 무엇이 있습니까? 여럿이 함께 공격한다면 아무리 임정이 고수라 해도 오래 버티지는 못할 것입니다."

"문제는 독이네. 그년이 독환의 경지까지 들어간 여자라는 사실을 잊지 말게."

동진의 말에 형원은 굳은 표정을 보였다. 독환의 경지는 독공을 익힌 자들에게 꿈에 가까운 경지다. 임정 한 명이면 이곳에 있는 수천의 무사도 독살할 수 있었다. 그만큼 독환의 경지는 대단히 위험하고 뛰어난 경지였다.

임정이 독공을 펼치기 시작하면 그녀의 주변 오 장 안으로는 아무도 들어갈 수 없을 것이다. 그 안에 들어서면 모두 중독되어 죽기 때문이다.

"임정은 조자경과도 백 초 이상을 겨룰 수 있는 무공을 지녔네."

"독환의 경지에 든 것도 모두 소문입니다."

형원의 말에 동진이 손을 저었다.

"소문이라도 믿어야 하네. 그래야 이겨."

동진의 말에 형원은 아쉽다는 듯 짧은 숨을 내쉬었다. 동진이 다시 말했다.

"일단 운무산으로 피하지. 그 뒤에 천문성과 손을 잡는 쪽으로 가세나."

"그것도 나쁘지는 않을 듯합니다."

형원의 대답에 동진이 자리에서 일어섰다.

"준비할 테니 자네도 나서게."

"그러지요."

동진이 먼저 밖으로 나가자 형원은 곧 최락에게 짐을 준비하라 이르고 밖으로 나갔다.

*　　*　　*

형원은 처음부터 준비한 대로 천문성과 손을 잡고 다시 총단으로 들어오는 길을 택했다. 그때가 되면 임정도 죽일 것이고 이곳도 자신이 차지하게 될 것이라 믿었다.

연무장에는 천여 명의 무사들이 모여 있었고, 그들은 형원의 지시로 천천히 정문을 빠져나가 운무산으로 향했다.

가장 후미에서 마차에 오르려던 형원은 임정이 다가오자 잠시 행동을 멈췄다.

"이제 가는군."

"천문성이 공격해 온다는데 가야지요. 거기다 청녹곡에서 고 장로가 온다하지 않소이까. 그들이 오면 이곳은 충분히 방어할 수 있을 테니 떠나야지요."

형원의 미소에 임정이 고개를 끄덕였다.

"죽지 마라."

"걱정 마시오."

형원은 임정의 염려를 비웃으며 마차에 올라탔다. 그의 마차가 떠나자 임정은 깊은 숨을 내쉬었다.

"마음에 안 드는 놈이지만 그래도 내 사제이니……."

임정은 형원을 싫어했지만 그가 사제라는 것도 잊지 않고 있었다. 팔은 안으로 굽는 것이고 외부 사람보다 당연히 내부 사람이 더 소중했다. 하지만 그러한 걱정스러운 마음도 얼마 안 가 분노로 바뀌었다.

붉은 노을빛이 독선문의 지붕을 붉게 물들이고 있을 때 급하게 달려오는 한 사람이 있었다. 마애의 수하로 순찰당에서 가장 발이 빠르다고 알려진 신각이었다.

붉은빛에 물든 대전의 중앙에 앉아 있는 임정은 채찍의 손잡이를 이리저리 만지며 깊은 상념에 잠겨 있었다.

"소문주님!"

신각이 문을 열고 들어와 임정의 앞에 부복했다. 그의 목소리에 임정은 살짝 미간을 찌푸렸다. 소문주라는 말은 함부로 내뱉는 말이 아니기 때문이다. 하지만 신각은 그런 임정의 표정에도 상관없다는 듯 급하게 말했다.

"당주께서는 무사하십니다. 하지만 서 장로가 배신했고 그 무리가 모두 배신한 것으로 보입니다."

"무슨 소리냐?"

"그게 그러니까… 마 당주께서 천문성과 해남파의 무리를 윤하에서 놓치고 복귀하는 중 서 장로를 만났는데 그에게 공격당했다고 합니다. 마 당주는 무사하지만 그때까지 함께하던 순찰당의 무사들은 모두 죽었습니다."

"차근차근 설명해."

신각의 말이 너무 혼잡스럽게 들리자 임정이 다시 말했다.

"그러니까 마 당주를 공격한 게 서 장로이고 서 장로와 함께한 본 문의 동료들이었습니다. 서 장로가 배신한 게 아니면 그렇게 하지 않았을 겁니다."

"서 장로가 왜 마애를 공격하는데? 죽이려 했다고? 그게 무슨 말인지 잘 알고 하는 말이냐?"

"사, 사실입니다."

임정의 살기에 신각이 식은땀을 흘리며 대답했다.

"그건 또 무슨 소리냐?"

벌컥!

옆문을 열고 오십 대 초반으로 보이는 풍채 좋은 중년인이 모습을 보였다. 독선문의 장로 중 한 명인 고정철이었다. 그의 검은 피풍의에는 붉은 거미가 그려져 있었는데 보기에 섬뜩해 보였다.

"장로님."

임정이 자리에서 일어나 인사했다. 고정철은 장로 중 가장 위에 있는 인물로 조자경의 선배이며 마애의 스승이기도 했다. 또한 광서의 깊숙한 곳에 자리한 청녹곡의 곡주이기도 했다.

"총단에 일이 생겼다고 해서 곡을 비우고 달려왔더니 해괴한 소리가 들리는구나?"

고정철이 의자에 앉자 임정이 다가와 차를 따라주었다. 고정철이 싸늘한 표정으로 신각을 노려보며 물었다.

"설명해 보거라. 서진이 배신했다고?"

"제가 마 당주를 찾으러 갔을 때 분명 서 장로가 마 당주를 죽이려고 했습니다."

"마애는 무사하고?"

"예."

신각의 대답에 고정철이 고개를 끄덕이며 조금 안심한 표정을 보였다.

"서 장로가 배신을 했다면… 동진파가 모두 배신했다고 봐야 하나? 운무산이 뒤돌아선 건가, 아니면 천문성과 손을 잡은 건가?"

고정철의 물음에 임정이 고개를 저었다.

"자세히는 모르겠어요. 일단 예소가 오면 확실해질 테니 기다려 보죠."

"인정하기 싫은 모양이군."

고정철의 물음에 임정이 의자에 앉으며 고개를 끄덕였다. 그녀는 같은 독선문의 사람이 외부의 세력과 결탁하여 형제들을 죽이려 했다는 사실을 믿고 싶지 않았다.

"예……."

"총단의 오대장로가 다 죽었다고 들었다."

"예."

"천문성과 해남파가 왔다고 해서 그들 다섯 장로가 쉽게 죽을 사람으로 보이더냐?"

고정철의 물음에 임정은 대답하지 않고 형원의 얼굴을 떠올렸다. 그리고 그가 급히 수하들과 함께 떠나던 모습도 떠올렸다.

"등잔 밑이 어두운 법이고 내부의 적이 더욱 두려운 법이지."

고정철의 목소리에 임정은 어금니를 깨물었다. 그의 말이 모두 맞는 말이고 지금 현재의 상황에 가장 적절한 표현이었다.

"아직은… 확신하지 않아요."

"운무산이 천문성과 손을 잡는다면 우리는 광동을 잃게 된다는 것을 잘 알고 있겠지?"

"배신했다는 증거는 마애가 돌아오면… 그때 확인해요."

"좋은 생각이다. 하나 늦으면 늦을수록 우리의 손해라는 것을 알아두거라."

"예."

임정의 대답에 고정철이 신각에게 시선을 돌렸다.

"그런데 서진은 죽었느냐?"

"예, 죽었습니다."

"호오, 마애 이 녀석, 무공이 많이 발전했구나."

고정철은 서진이 죽었다는 말에 마애의 무공이 발전했다고 생각했는지 흐뭇한 미소를 보였다. 그는 서 장로의 죽음이 슬프지 않은 모습이다. 오히려 그의 죽음을 즐거워하는 것 같았다.

"저… 그게… 마 당주가 죽인 게 아니라 저와 함께 간 진 소협이 죽였습니다."

"진 소협?"

고정철은 진 소협이 누구인지 궁금한 얼굴이고, 임정은 진파랑을 떠올렸다.

"진파랑이에요."

임정의 말에 고정철이 굳은 표정을 보였다. 그의 이름을 그도 잘 알고 있기 때문이다. 현 강호에서 그의 이름을 모르는 무인은 없을 것이다.

"진파랑이라면 그 천문성과 싸운 미친놈을 말하는 것이냐?"

"맞아요. 그 미친놈이에요."

"허허허! 허허허허!"

고정철은 임정의 대답에 큰 소리로 웃기 시작했다. 그의 이름이 급작스럽게 나타났다는 것은 매우 많은 의미를 지니고 있기 때문이다.

"조자경이 미쳤군."

고정철이 웃음을 멈추고 차갑게 중얼거렸다. 그 말에 임정은 고정철의 반응을 예상이라도 한 듯 대답했다.

"그의 무공은 대단히 뛰어난 편이에요. 십대고수에 견주어도 될 만큼 높아요."

"그래서 천문성의 화살을 모두 받겠다는 뜻이냐?"

"어차피 천문성과는 싸워야 해요. 그들과 평화는 없다는 것을 잘 알잖아요."

"그자가 이곳에 있다는 것 하나만으로 천문성은 세가맹으로 향한 검 끝을 본 문으로 향할 것이다. 감당할 수 있겠느냐?"

"그 결정은 스승님이 하실 거예요. 아니, 이미 하셨어요."

임정의 대답에 고정철이 굳은 표정을 보였다.

"천문성보다 그의 가치가 더 높다는 뜻이로군."

"네."

임정은 고민 없이 대답했다.

"좋다, 그 결정을 믿기로 하지."

고정철의 목소리가 대전에 울렸다. 그리고 해가 지고 밤이 되어서야 예소와 함께 계림에서 돌아온 독선문의 무인들이 총단으로 들어왔다.

독선문의 후원에 자리한 작은 별채에 세 사람이 서 있다.

임정과 예소, 나머지 한 명은 고정철이었다. 그들 세 사람은 서 있었고, 작은 원탁에 운무산의 지도가 펼쳐져 있다.

"배신한 게 맞아요. 이곳으로 오면서 진서당을 통해 소식을 들었어요. 진서당의 당주도 오는 중이니 오게 되면 좀 더 확실하게 상황을 파악할 수 있을 것 같아요."

고정철과 임정은 표정이 굳어 있었다.

"운무산의 독선곡 곡주는 형원이에요. 형 사형이 왜 천문성과 손을 잡으려고 하는지 그 진위를 파악해야 하는데… 그것까지 알아내지는 못했어요."

"문주가 되고 싶은 거겠지."

고정철의 말에 임정이 짧은 숨을 내쉬었다.

"아닐 수도 있어요. 문주가 되고 싶다면 충분히 될 수 있을 텐데 군이 천문성과 손을 잡고 저희의 등에 칼을 꽂는 짓까지 할까요?"

"하고 싶어도 언니 때문에 안 될 것 같으니까 저런 걸지도 모르지요. 일단 그 문제는 뒤로 미루고요, 중요한 것은 천문성의 문주영이 데리고 있는 오천의 무사들이에요. 그들과 운무산의 이천 문도가 힘을 합쳐 이곳으로 밀고 온다면 저희는 큰 피해를 입을 게 분명해요."

"독선문의 역사에서 가장 큰 위협이 되는 일이고 가장 큰 고난이 되겠군."

임정이 중얼거렸고, 고정철이 턱수염을 몇 번 쓰다듬으며 말했다.

"본 문의 모든 힘을 모아야 할 것 같은데, 어찌 생각하나?"

"그건 제 권한 밖의 일이에요. 그 일은 스승님이 오셔서 결정해야 해요."

"본 문이 사라진 뒤에? 언제 올 줄 알고 그러나?"

"아직 그 권한까지 제게 있지 않아요."

임정은 고정철이 말하는 것이 총문주의 기라는 것을 알고 있었다. 독선문주가 총동원령을 내리면 전 지역에 흩어진 독선문의 모든 문도가 모일 것이고, 그 힘은 분명 현재의 위험을 이겨낼 수 있는 힘이었다. 하지만 그건 조자경의 몫이고 그가 해야 할이지 임정이 할 수 있는 일이 아니었다.

"장로들도 죽고… 이번 싸움으로 본 문의 힘이 삼 할 가까이 사라진 것은 사실이에요. 더욱이 운무산이 천문성과 손을 잡는다면 삼 할의 힘이 또다시 사라지는 것이지요."

예소가 심각한 표정으로 말하자 임정과 고정철이 짧은 숨을 내쉬었다. 예소는 깊은 생각에 잠긴 듯하더니 차갑게 말했다.

"운무산을 쳐요."

"뭐?"

"……!"

고정철과 임정이 놀란 표정으로 그녀를 쳐다보았다. 예소가 다시 말했다.

"그들보다 먼저 손을 쓰고 움직이자는 뜻이에요. 일단 전문도에게 형원과 그의 장로들이 천문성과 결탁하여 총단을 공격했고 많은 장로분들을 죽였다고 알려야 해요. 이는 사실이기도 하지만 사실이 아닌 부분도 있어요."

"만약 천문성과 결탁하려는 게 아니라면?"

"아니라 해도 본 문의 장로분들을 죽인 것은 사실이에요. 이미 목격자도 있고 마애도 당할 뻔했어요. 언니도 공격하려 했지만 칼을 숨기고 물러선 게 분명해요. 형원은 우리 모두를 죽이고 문주가 되려 하고 있어요."

"증거가 부족해."

임정의 말에 예소가 차갑게 대답했다.

"마 언니를 죽이려 했다고요. 서 장로가 혼자서 그런 짓을 했을 것 같아요? 누구의 명을 받았을까요? 형가의 명이에요, 형가! 형원이라고요. 본 문의 삼대세력 중 하나인 형가가 배신한 거란 말이에요."

예소의 말에 임정이 깊은 숨을 내쉬며 고뇌하는 표정을 보였다. 그녀는 형원의 배신을 인정하고 싶지 않은 것이다. 그가 아무리 자신과 사이가 나쁘다 하더라도 같은 사형제이기 때문이다.

"예소의 말이 맞아."

고정철이 말했고, 임정이 의자를 가져와 앉았다.

"운무산을 먼저 쳐요. 형원을 비롯한 몇 명의 장로만 죽인다면 이 일은 깔끔하게 마무리될 거예요. 더 큰 인명 피해를 막기 위한 최선이에요. 천문성과 결탁한 본 문의 무인들을 모두 죽일 건가요? 그들을 선동한 형원과 장로들을 죽이면 끝날 일이에요."

"수뇌만 잡는 건 옳은 선택이다."

고정철이 예소의 말에 동의했다. 임정은 쉽게 결정을 내릴 수가 없었다. 자신의 한마디에 수천의 무인이 움직이기 때문이다. 또한 형원을 죽이는 일도 자신이 직접 해야 했다.

"천문성과 결탁하면 이미 늦어요. 그 전에 저희가 운무산을 가져와야 해요."

예소의 다그치는 말에 임정이 입술을 깨물며 대답했다.

"계획은?"

임정의 물음에 예소가 빠르게 대답했다.

"호랑이를 잡으려면 호랑이 입으로 들어가야 해요. 그들은 우리를 잡을 기회이기 때문에 절대 저희의 방문을 거절하지 않을 거예요."

"아침까지 준비해 봐."

"예!"

예소의 대답이 크게 울렸다.

第八章
꿈속에서 싸운다

진가도

마애와 함께 나타난 진파랑은 이미 마애를 통해 대충 상황을 짐작하고 있었다. 독선문 내에 분열이 생긴 것이 분명해 보였다.

서재에 앉아 있던 진파랑은 밤늦은 시간이 돼서야 임정과 예소를 만날 수 있었다. 둘은 긴 시간 동안 회의를 가진 듯 피곤한 모습이었다.

"지쳐 죽겠다."

임정이 투덜거리며 의자에 걸터앉았다.

"그냥 확 밀어버리면 그만인데 무슨 전략을 짜자는 건지. 휴."

임정이 한숨을 푹 내쉬었다.

"어떻게 된 일이지?"

"마애한테 안 들었어?"

진파랑의 물음에 임정이 되물었다. 진파랑은 고개를 돌려 에소를 쳐다보았다. 에소가 진파랑의 시선에 입을 열었다.

"지금 상황은 독선문의 분열이에요. 최악이죠."

"두 파로 나뉜 건가?"

"형 사형을 중심으로 한 운무산과 사저를 중심으로 한 저희, 이렇게 나뉘었다고 보시면 돼요."

"천문성이나 해남파가 좋아할 일이네."

진파랑의 말에 임정은 인상을 찌푸렸고 에소는 쓴웃음을 보였다.

"좋아 보인다?"

임정이 싸늘하게 묻자 진파랑이 손을 저었다.

"좋은 게 아니라 좋은 기회란 생각이 들어서 그래."

"좋은 기회라니?"

임정이 다시 묻자 진파랑이 빠르게 대답했다.

"이번 기회에 독선문에 받은 은혜를 갚을 수 있을 테니까 말이야."

"그것 때문에 좋은 기회라고 한 거야? 우리에겐 이처럼 큰 위험도 없는데 말이야."

"내게는 기회지."

진파랑이 짧은 숨을 내쉬었다. 임정의 마음을 이해 못 하는 것은 아니었지만 진파랑은 이 기회에 조자경이 제시한 제안을 거절할 명분을 만들고 싶었다.

　"사형제끼리의 싸움이라… 마음에 안 드는 일이야."

　임정이 중얼거리며 씁쓸해했다. 아무리 형원과 사이가 안 좋아도 사제였기 때문이다.

　"스승님이 없기 때문에 이빨을 드러낸 거라 생각해요."

　예소의 말에 임정은 혀를 찼고, 진파랑이 물었다.

　"계획은?"

　"모르겠어요. 휴, 천문성을 앞에 두고 저희끼리 싸운다는 게 좋은 일은 아니니까요."

　"그래서 우환은 없애야지."

　진파랑의 말에 예소가 고개를 끄덕였다.

　"맞아요. 일단 고 장로님은 강경하게 나가자는 의견이고 사태를 지켜보자는 분들도 계세요. 저는 속전속결로 소수 정예를 뽑아 머리만 치자는 생각이에요."

　"머리만 치자……. 쉽지 않을 것 같은데?"

　진파랑의 물음에 예소가 다시 대답했다.

　"방법은 간단해요. 저희가 찾아가서 없앤다는 작전이죠."

　"찾아가서 없앤다?"

　"네."

　예소의 대답에 진파랑은 그게 무슨 소리인지 이해할 수 없다는 표정을 지었다.

"어떤 일인지 모르지만 내게도 힘을 보탤 수 있는 기회를 주었으면 좋겠어."

진파랑의 말에 예소가 그의 앞에 불쑥 고개를 내밀었다. 진파랑이 놀라 눈을 크게 뜨자 예소가 인상을 찌푸리며 말했다.

"우리하고 그렇게 혼인하기가 싫으세요?"

직접적으로 물어보는 그녀의 질문에 진파랑은 당황했지만 눈썹만 살짝 찌푸렸다.

"싫은 게 아니라 부담된다고 봐야지."

"이미 볼 거 안 볼 거 다 봤어요. 그런데 뭐가 부담돼요?"

"너무 일방적이니까."

진파랑의 말에 예소가 아미를 찌푸렸다. 임정은 나 몰라라 하는 표정으로 조용히 일어나 서재에 꽂혀 있는 책들을 살피기 시작했다. 분위기기 심상치 않았기 때문이다.

"마 소저 때문에 그러세요?"

진파랑은 예소의 입에서 연심이 나오자 굳은 표정으로 고개를 끄덕였다. 실제 그의 마음에 있는 여자는 그녀였고 앞으로도 그럴 것이다.

"문주님의 말이 가슴에 남아 있어서 그런지 부담되는 것은 사실이야."

예소가 그의 말에 차를 따라 벌컥 마셨다. 그녀는 탁자에 양손을 올리고 더욱 가까이, 진파랑의 얼굴 앞으로 다가왔다.

그녀의 체향이 진파랑의 코로 스며드는 가운데 진파랑은 약간 상기된 그녀의 눈빛을 볼 수 있었다.

"마 소저와 진 소협의 일은 두 분의 일이에요. 그리고 제 일은 제 일이에요."

진파랑이 무슨 소리냐는 표정을 보이자 예소가 다시 말했다.

"저와 진 소협의 일은 우리 둘의 문제예요."

"내게는……."

"아무 상관 없다고요."

진파랑의 표정이 굳어지자 예소가 깊은 숨을 내쉬며 한발 물러섰다.

"진 소협이 마 소저를 마음에 두고 있는 것을 모를 것 같아요? 다 알아요. 그런데도 아무런 상관이 없다고요. 그게 뭐 어쨌는데요? 그게 무슨 문제인가요? 그냥 제가 좋은 거예요."

예소의 말에 진파랑은 당황한 표정을 보였다.

"그렇지. 들이대, 들이대."

임정이 살짝 떨어진 곳에서 책을 꺼내 읽으며 조용히 말했다. 그녀의 목소리가 들렸지만 예소는 붉어진 얼굴로 모르는 척했다.

"당황스럽군."

진파랑은 이런 식으로 접근하는 여자는 처음 만났기에 당황할 수밖에 없었고, 예소가 더욱 부담되었다. 그렇다고 싫은 감정이 있는 것도 아니었다.

예소가 상기된 표정으로 자신의 심장을 오른손으로 누르며 말했다.

"진 소협을 볼 때마다 심장이 터질 것 같아요. 지금도 이렇게 심장이 터질 것 같은데… 저보고 어떻게 하라는 거예요? 그냥 제가 좋은 거니까, 전 아무 상관 없으니까 그냥 있으세요."

그녀의 눈동자가 흔들리는 게 꽤나 힘들어 보였다. 진파랑은 그녀의 시선을 피하지 않았다. 예소가 자신의 감정을 주체 못하고 한 발 다가와 진파랑을 끌어안으려 하자 임정이 그녀의 허리를 안았다.

"거기까지."

"놔요!"

예소가 양손을 앞으로 뻗은 채 허우적거리며 소리치자 임정이 힘으로 그녀를 뒤로 끌어당겼다. 예소는 조금만 더 가면 진파랑을 안을 수 있었는데 그러지 못하자 심통 난 표정을 지었으나 임정의 힘에 의해 뒤로 밀려났다. 진파랑은 짧은 숨을 내쉬며 차를 물처럼 마셨다.

임정의 뒤로 예소가 있고 이제 진파랑의 앞에 임정이 있다. 예소는 좀 전의 일이 부끄러운지 임정의 등에 얼굴을 파묻고 있었다.

"부탁이 있어."

"부탁?"

분위기를 바꾸는 임정의 말에 진파랑이 궁금한 표정을 보였다. 예소의 급작스러운 말 때문에 조금은 혼란스러웠는데 임정의 한마디가 모든 것을 정리해 주는 것 같았다.

임정이 굳은 표정으로 한마디 툭 던졌다.

"암살."

진파랑의 표정도 굳어졌다.

*　　　*　　　*

진파랑이 나가자 예소가 자신의 얼굴을 양손으로 가리며 의자에 앉았다. 자신이 왜 그랬는지 후회가 밀려오며 부끄러움에 얼굴을 들 수가 없었다. 좀 전의 일을 떠올리면 자기 아닌 것 같았다.

"아, 몰라……. 어떡해… 내가 미쳤었나 봐."

예소가 고개를 마구 저으며 코맹맹이 소리를 흘렸다. 그 모습에 임정이 그녀의 머리를 한 대 쥐어박으며 말했다.

"멍청한 년."

예소가 쌍심지를 돋우며 날카로운 눈빛으로 임정을 노려보았다. 그 모습에 임정이 다시 주먹을 들자 예소가 얼른 고개를 돌렸다.

"내가 미쳤나 봐. 어떻게 하지? 아, 몰라!"

예소는 다시 양손으로 얼굴을 가리며 고개를 저었다.

"내일 어떻게 진 소협을 대하지? 어떻게 하지?"

예소가 자기를 탓하며 울 것 같은 목소리를 토해내자 임정이 깊은 숨을 내쉬었다.

"그렇게 갑작스럽게 들이대면 좋아하겠어?"

"그렇죠? 어쩌지요? 진 소협이 저를 싫어하면 안 되는데… 미치겠어요."

예소가 상기된 얼굴로 물었다. 예소의 심각한 눈빛에 임정이 얼른 말했다.

"싫어하는 것 같지는 않았어. 보통 싫어하면 그럴 때 도망치거나 멀리 달아나는데 그놈은 그러지 않았잖아."

임정의 말에 예소는 진파랑이 자신을 쳐다보던 모습을 떠올렸다. 그는 확실히 자신을 피하지는 않았다.

하지만 예소는 안심이 되다가도 급작스럽게 우울함이 밀려왔다.

"아앙! 어떡해, 어떡해! 아앙!"

이리저리 고개를 저으며 일어난 예소가 닭처럼 팔짝팔짝 뛰었다. 그 모습에 임정이 화난 표정으로 그녀의 엉덩이를 때렸다.

"야!"

철썩!

"악!"

예소가 소리치며 펄쩍 뛰어오르자 임정이 다시 말했다.

"정신 사나우니까 가서 자!"

"어떻게 잠을 자요? 어떻게! 몰라요! 다 언니가 책임지세요."

예소가 의자에 다시 앉으며 탁자에 얼굴을 묻었다. 예소의 처량한 모습에 임정은 깊은 숨을 내쉬며 고개를 저었다. 예소가 저렇게 나올 줄은 그녀도 예상하지 못했기 때문에 사실 어떻게 도와야 할지 알 수 없었다. 그녀 역시 당황스러운 일이었다.

"그런데 암살이요!"

예소가 소리치며 고개를 들었다. 부끄러운 생각과 심장이 터질 것 같은 감정이 폭발한 듯 보였다.

"암살이 뭐?"

"잘할 수 있을까요?"

예소가 임정의 손을 잡으며 묻자 그 모습에 임정이 예소의 머리를 쓰다듬으며 미소를 보였다.

"못할 리가 없잖아? 그놈은 우리가 생각하는 것보다 훨씬 무서운 놈이야."

"알지만… 마음 한구석은 실패해서 다시 돌아오면 좋겠어요. 아니면 또 크게 다쳐서 움직이지 못했으면 해요. 그래야 제가 옆에 붙어 있을 수 있으니까요."

임정은 예소의 말을 들으며 그녀의 어깨를 다독이는 게 최선이란 생각이 들었다.

"암살?"

청란의 물음에 진파랑이 고개를 끄덕이며 의자에 앉자 정정이 다가와 차를 따른 뒤 옆에 앉았다.

"암살은 해본 적 있어?"

"없지."

진파랑은 당연하다는 듯 대답하자 청란이 살짝 아미를 찌푸렸다. 정정이 말했다.

"암살 대상은 누구인가요?"

"형원이라고 임정의 사제지."

"일단 그놈하고 그 주변 인물들을 조사해 봐야겠어."

"지금 해."

청란의 말에 진파랑이 고개를 끄덕였다.

"지금?"

청란이 아미를 찌푸리며 물었고, 진파랑은 미소를 던졌다.

"지금. 그리고 형원과 천문성의 관계도 좀 알려주고. 되도록 빠른 시일 내에 가져와. 운무산에 대한 것도 알아내 주면 좋고."

"비싸다."

"내일 아침에 운무산으로 출발할 거니까 알아서 찾아와."

"흥!"

청란은 한마디 툭 던지고 밖으로 나갔다. 그녀가 나가자 정정이 말했다.

"암살은 쉬운 게 아니에요."

"알아."

"그런데 허락하신 건가요?"

"전문가가 있으니까."

진파랑이 시선을 돌려 정정을 쳐다보자 그녀의 표정이 굳었다. 진파랑은 정정의 어깨를 다독인 뒤 자리에서 일어섰다.

"일찍 자둬. 새벽에 출발한다."

"예."

정정의 대답에 진파랑은 침실로 들어갔다. 그가 들어가자 정정은 남은 차를 마시며 깊은 숨을 내쉬었다. 어디 한곳에 정착해서 좀 푹 쉬는 일이 당분간은 없을 것 같다고 생각되었기 때문이다. 진파랑과의 동행은 쉽지 않은 여행이 될 것 같았다.

*　　　*　　　*

짙은 수풀 사이로 우뚝 솟은 암벽 주변으로 뜨거운 햇빛이 떨어지고 있었다. 암벽들 사이로 살짝 검은 점 하나가 슥 나타나더니 곧 그림자 속으로 사라졌다.

"여기가 초암봉으로 이곳 운무산의 초입이지요."

신각이 검은 야행의를 입고 있는 두 명의 남녀에게 말했다. 한 명은 어깨에 도를 메고 있는 진파랑이고 다른 한 명은 검을 메고 있는 정정이었다. 둘 다 야행의를 입었는데 신각 역시 활동하기 편한 검은 야행의를 입고 있었다.

셋은 잘 안 보이는 위치에 앉아 주변을 둘러보고 있었다. 초암봉 바로 밑 그늘진 곳으로 신각이 자주 이용하는 은신처이기도 했다.

"전에 순찰을 돌다가 졸리면 여기서 한숨 자고 가곤 했지요."

신각이 어깨를 으쓱거리며 다시 말했다. 그리곤 고개를 돌려 저 멀리 우거진 숲을 향해 말했다.

"저기, 저어기 그늘진 숲이 보이지요?"

신각의 말에 진파랑과 정정이 고개를 돌렸다. 그러자 신각이 얼른 말했다.

"저기가 그 유명한 뱀사곡으로 뱀이 그냥 무지막지하게 많은 으마으마한 곳입니다. 저긴 땅꾼들도 못 가요."

손을 휘휘 저으며 설명하는 신각의 표정은 상당히 흥분되어 있었다. 그가 다시 말했다.

"저기 뱀사곡에 들어가는 순간 사방에서 뱀들이 그냥 콱! 콱! 여기저기를 콱! 아주 그냥 마구 뜯습니다. 그래서 아무도 안 가지요."

양손으로 뱀의 아가리를 만들며 무는 시늉을 하는 신각은 재미있어 보였다. 그가 표정을 바꾸고 다시 말했다.

"저기에서 그 유명한 사혈신군이자 본 문의 삼 대 문주이신 양서동 조사께서 영사신편이란 희대의 절학을 창안하셨지요. 영사편법 아시죠? 소문주님이 자주 쓰는 그 채찍 말입니다. 그게 바로 저기서 나온 거라 이거지요."

자신의 지식을 자랑하듯 신각이 말했고, 진파랑과 정정은 고개만 끄덕였다.

"저기 북쪽으로 저기 보이시죠? 저기 송곳 같은 봉우리 있지 않습니까?"

신각의 말에 진파랑과 정정이 고개를 돌려 북쪽을 보자 하늘 높이 솟아 있는 봉우리가 보였다.

"저기가 그 유명한 일출봉입니다, 일출봉! 저기 밑에 큰 동굴이 있는데 삼백 년 전까지 저기 동굴에 거대한 으마무시하게 큰! 이따시만 한, 아니지, 더 큰, 암튼 엄청나게 큰 거미가 살았다고 합니다. 집채만 했다고 하는데 저희 오 대 문주님께서 저기 동굴에 들어가 그 거미를 작살내고 거미의 독을 흡수해서 독인이 되었다고 하지요."

양팔을 벌리며 설명하는 신각은 여전히 흥분을 감추지 못했다.

"독선문에게 이곳은 꽤 중요한 지역인 모양이군."

"중요하지요. 여기 운무산이 본래는 본 문의 총단이 있는 곳이었지요. 그런데 이백 년 전 옮긴 것입니다."

진파랑과 정정이 다시 고개를 끄덕이자 신각은 할 말이 많은 듯 입술에 침을 바르며 다시 말했다.

"본래 운무산은 으마으마하게 큰 곳입니다. 도대체 이곳이 얼마나 큰지 알 수가 없지요."

양팔을 다시 벌리고 설명하는 신각이다.

"거기다 이 지역은 습지도 많고 음지도 많아 독물들이 살기에는 아주 좋은 곳입니다. 독초도 즐비하게 널려 있고, 본문의 입장에서 보면 독공을 연마하기 이보다 좋은 곳이 없지요. 그런데 의술과 상업에 치우친 길을 가다 보니 자리를 옮기게 된 것입니다."

진파랑과 정정은 따로 할 말이 없는 듯 보였다. 신각만이 혼자 신나게 떠들어댔다.

"워낙 숲이 우거진 곳이라 길도 자주 사라지고 독물들이 많아 길이 아닌 곳을 지나가다 죽는 경우도 많습니다. 그러니 저만 따라다니셔야 합니다. 조심해야 해요."

신각이 주의를 주듯 실명하다 안으로 고개를 숙였다.

"순찰대입니다."

그의 말에 진파랑과 정정도 그늘 밑에 몸을 숨겼고, 저 멀리서 바람 소리와 함께 옷자락 흔들리는 소리가 들렸다. 그들은 초암봉을 오르다 주변을 살피고 다시 앞으로 이동하고 있었다. 그들이 모두 숲으로 사라지자 신각이 조용히 고개를 내밀어 사방을 살폈다.

"하루에 한 번씩 순찰대가 이곳을 지나갑니다."

"잘 아는군."

진파랑의 말에 신각이 미소를 던졌다.

"제가 오 년 전까지 이곳에서 살았지요. 그러다 총당으로 들어갔고, 그 이후에 순찰당으로 옮겨 갔습니다."

진파랑과 정정은 대답하지 않았다. 사실 신각의 입을 봉하고 싶은 게 그들 두 사람의 마음이었다. 그것을 모르는 신각은 하늘을 쳐다보며 회상에 잠긴 듯 다시 말했다.

"고난의 연속이었고 고행의 길을 걸었다고 할 수 있지요. 지금 생각해 보면 마 당주님 밑에 있는 것이 제일 행복하고 좋은 일인 듯합니다."

정정은 자신도 모르게 검의 손잡이를 잡았다가 놓았다. 순간 욱해서 신각의 입을 막으려 한 듯 보였다. 신각이 다시 말했다.

"여기서 살 때는 보시다시피 순찰대에 걸려서 매일매일 반복적으로 순찰만 돌던 삶이었지요. 고단해 보이지 않습니까? 그러다 운이 좋아 총당으로 가게 되었는데… 순전히 발이 빠르다는 이유 때문이지요. 그런데 총당에서 기다린 것이 그 예당주였습니다. 예 당주는 보기에는 순진하고 선하고 착해 보이지요?"

진파랑과 정정을 한번 본 신각이 얼른 다시 말했다.

"하지만 보기와 달리 완벽주의잡니다. 얼마나 사람이 까다

롭고 짜증 나게 하는지 겪어보지 못한 사람은 절대 모를 겁니다. 글씨 못쓴다고 그렇게 갈구는 사람도 없을 거예요. 거기다 일각이라도 늦으면 미친 듯이 갈굽니다. 차라리 때리면 좋은데 때리는 건 절대 없어요. 어떻게 갈구는지 아십니까? '어머, 신각은 글을 너무 못쓰네? 이렇게 써서 어떻게 사람이 알아볼 수가 있겠어요? 글씨 연습 좀 많이 하셔야겠네요. 내일 아침까지 천자문 백 장 써 오세요' 등등!"

신각이 예소의 목소리를 흉내 내며 투덜거리자 그 모습 보고 정정이 피식거렸다. 은근히 웃기는 모습이었기 때문이다.

"그에 반해 마 당주는 아주 깔끔한 성격입니다. 글씨 보고 뭐라 합니까, 지각했다고 뭐라 합니까. 물론 지각하면 혼내긴 하지만 싸대기 한 대 딱 때리고 그만입니다. 얼마나 좋습니까? 아주 편하고 좋은 곳이지요. 총당에서 온 애들은 모두 저와 같은 생각입니다."

빡!

순간 신각의 머리 위로 번갯불이 터졌고, 그와 동시에 신각이 암벽에 기댔다. 정신을 잃은 것이다.

정정은 검집을 든 채 잠시 멍하니 기절한 신각을 쳐다보았다.

"어머!"

정정은 저도 모르게 일어난 이 일에 잠시 놀란 듯 검을 다시 어깨에 메었다. 진파랑은 그 모습에 미소를 던졌다.

"잘했어."

"죄송해요. 저도 모르게 그만……."

"하하하!"

진파랑은 오랜만에 크게 웃었다.

검은 하늘에는 달이 보였고, 달 주변으로 수많은 별이 반짝이고 있다. 그 밑으로 끝없이 이어진 숲이 있으며, 그 숲의 바다 위로 세 명의 그림자가 보였다.

"저기 저 산을 넘으면 독선곡이고, 그곳에 운무산 총단이 있습니다. 지도는 낮에 보셨으니 인지하셨지요?"

진파랑과 정정이 고개를 끄덕이자 신각이 얼른 다시 말했다.

"모든 일을 끝내고 이곳으로 오셔야 합니다. 저는 두 분이 오실 때까지 기다려 하니 이곳에 계속 있을 것입니다. 배가 고프면 뭐 지네라도 잡아먹으면 되니 제 걱정은 안 하셔도 됩니다. 그리고 미리 당부하지만 독물을 조심하셔야 합니다. 형원은 다행히 독물을 다루지 않으니 어려움이 없을지도 모릅니다."

슥!

정정의 손이 검의 손잡이를 잡자 신각이 입을 다물었다. 이곳에 오면서 벌써 세 번이나 기절한 기억이 있기 때문이다.

"시선은 내가 끌 테니 죽이는 것은 네가 해야 해."

"예."

"움직여."

스륵!

진파랑의 말에 정정의 신형이 소리 없이 사라졌다.

"와우……."

신각은 귀신처럼 사라진 정정의 모습에 매우 놀란 듯 감탄했다. 진파랑은 예상한 일이기 때문에 놀라지는 않았으나 그녀의 실력이 자신의 생각보다 높다고 여겼다. 그녀의 기척을 느끼지 못했기 때문이다.

'천외성의 살수들은 그 실력이 일류라고 하더니 명불허전(名不虛傳)이군.'

진파랑은 미소를 보이며 앞으로 빠르게 날아갔다. 그가 엄청난 속도로 저 멀리 사라지자 신각은 다시 놀란 듯 눈을 부릅떴다.

암살이라는 것 자체가 진파랑에게 어울리지 않았다. 본인 스스로도 그것을 잘 알기 때문에 자신의 무공을 믿고 정문으로 뛰어내렸다.

수십 개의 전각이 늘어선 독선곡의 입구에 다섯 명의 경비 무사가 서 있었다. 그들은 어둠 속에서 진파랑이 모습을 보이자 매우 놀란 듯 무기를 꺼내 들었다. 벽 쪽에는 다섯 명의 무사가 앉아서 졸고 있었는데 그들도 곧 다른 무사가 깨우자 눈을 비비고 일어났다.

"누구냐?"

가장 앞선 무사가 묻는 순간 진파랑의 신형이 어느새 그들의 머리 위로 날아올라 담장을 넘었다.

"적이다!"

"적의 습격이다!"

"타종을 울려!"

경비무사들의 외침 소리가 삽시간에 어둠 속으로 메아리쳤다.

땡! 땡! 땡! 땡!

삐이익!

급박하게 울리는 타종 소리와 함께 하늘로 적색의 불꽃이 솟구쳤고, 강한 휘파람 소리가 독선곡으로 퍼져 나갔다.

독선곡의 가장 안쪽의 높게 솟은 구층 전각에도 타종 소리가 들려왔다. 구층에서 잠을 자던 형원은 귓가를 간질이는 타종 소리에 불현듯 눈을 떴다.

"무슨 일이지?"

천문성에선 아직 연락이 없었기 때문에 그들이 공격을 해 올 거란 생각은 못하고 있었다. 이미 친서를 보냈고, 며칠 뒤면 그들과 손을 잡을 게 기정사실이기 때문이다.

"설마… 뒤통수를 치는 건가?"

형원은 천문성이 겉으로는 손을 잡자고 하면서 뒤로 자신들을 치려는 것이 아닐까 하는 생각이 들었다.

이불을 걷고 일어나 섭선을 손에 쥔 형원은 겉옷을 걸치고 방문을 열었다.

드륵!

문을 열자 타종 소리가 더욱 확실하게 귀에 들려와 그는 다시 창문을 열었다. 밤공기가 시원하게 들어오자 형원은 깊은 숨을 내쉬었다. 그러자 그의 귀로 저 멀리 연무장에서 들리는 비명이 잡혔다. 분명한 적의 침입이었다.

형원은 인상을 찌푸리며 신형을 돌렸다. 그 순간 핑 하는 소리와 함께 금색 연꽃 하나가 날아왔다. 연꽃은 엄지손가락만 했고 허공을 날고 있었다. 형원의 표정이 굳었다. 그는 본능적으로 날아드는 연꽃을 섭선으로 쳐 냈다.

탁!

"누구냐?"

형원은 큰 목소리로 물으며 주변을 살폈다. 하지만 보이는 것은 어둠뿐이었다. 그때 발밑으로 떨어진 연꽃이 허공으로 떠올랐다. 형원은 자신의 눈앞으로 연꽃이 다시 나타나자 놀란 듯 눈을 부릅떴고, 문득 머릿속으로 스치는 인물이 있었다.

"비화침?"

회전하던 연꽃잎이 마치 화탄처럼 터졌다.

파팟!

퍼퍼픽!

연꽃잎은 벽과 천장, 기둥을 비롯해 사방에 박혔고, 그 중앙에 서 있는 형원의 얼굴에도 십여 개의 연꽃잎이 박혔다.

두 눈을 부릅뜬 형원의 눈에 검은 그림자가 아른거렸다.

"연화무영(蓮花無影)······."

털썩!

형원의 신형이 쓰러지자 그 앞에 나타난 정정은 머리에서 비녀를 꺼낸 뒤 바닥에 떨어진 가느다란 금색 침을 들고 끼웠다.

딸깍!

금속음과 함께 금색 침이 사라졌고, 비녀를 허공에 든 그녀가 가볍게 돌렸다. 그러자 파라라락 하는 소리와 함께 금색의 연꽃잎이 사방에서 날아들어 연꽃을 만들어주었다.

그녀는 곧 연꽃 비녀를 뒷머리에 꽂고는 소리 없이 자리를 비웠다.

달빛을 받으며 연무장의 중앙에 서 있는 진파랑의 주변으로 십여 구의 시신이 널브러져 있다.

푸르스름한 어둠 속에서 백옥도가 반짝였고, 그의 앞에는 수많은 독선곡의 무사들이 모여 있다. 하지만 어느 하나 먼저 나서서 진파랑을 공격하는 사람이 없었다. 그들은 마치 하나

라도 되는 듯 어느 정도의 거리를 두고 진파랑을 포위한 채
서 있었다.

휘리릭!

휘릭!

대전의 지붕을 넘으며 날아드는 다섯 개의 그림자가 진파
랑의 눈에 들어왔다. 그들의 피풍의가 흔들렸고, 연무장에 내
려선 그들이 진파랑을 차갑게 노려보았다.

＊   ＊   ＊

진파랑은 눈앞에 나타난 다섯 명의 장로를 일일이 쳐다보
며 투기를 발산했다. 그의 강렬한 기도에 다섯 장로는 굳은
표정으로 섣불리 움직이지 못했다.

동진은 인상을 찌푸린 채 진파랑의 주변에 쓰러져 있는 시
신을 둘러보았다. 모두 단칼에 죽은 모습이고 짙은 혈향이 코
를 자극했다. 상대가 고수라는 것은 분위기만 봐도 알 수 있
었다.

"진파랑이로군."

동진이 알고 있다는 어투로 말했다. 진파랑은 동진의 모습
을 잠깐 스치듯 보았지만 기억하고 있었다. 그의 기도가 다른
사람들에 비해 가장 강했기 때문이다. 또한 임정에 대한 적대
심도 강하다고 느꼈다.

동진이 다시 말했다.

"임정이 보냈나?"

"맞소."

진파랑은 부정하지 않았다. 동진의 표정이 험악하게 변하기 시작하더니 다시 물었다.

"혼자 왔나?"

"그렇소."

진파랑이 당연하다는 듯 대답하자 동진은 표정을 일그러뜨리더니 이내 크게 웃기 시작했다.

"하하하하!"

동진이 어이없다는 듯 진파랑에게 말했다.

"미친놈이로군."

"그럴지도 모르지."

진파랑의 대답에 동진의 신형이 흔들렸다.

핏!

강렬한 빛이 진파랑의 눈앞에 어른거렸다. 동진의 손이 번개처럼 움직인 것이다. 진파랑은 뒤로 이 보 물러나 빛을 피했다.

횡!

날카로운 소성과 함께 붉은 손그림자가 지나쳤고, 진파랑은 도를 들어 올렸다. 동진의 신형이 사라졌기 때문이다. 하지만 진파랑은 우측에서 다가오는 동진의 기척을 느끼고 있었다. 그의 시야에 동진이 잡히지는 않았지만 신기하게도 그는 마치 알고 있는 사람처럼 반보 우측으로 이동하며 신형을 틀었다.

"……!"

다가오던 동진의 눈이 커졌다. 진파랑의 행동은 너무나 자연스러웠고 그의 입가에 미소가 걸려 있었기 때문이다. 진파랑의 오른손이 가볍게 움직였다.

핏!

동진의 눈앞으로 가느다란 선이 하나 나타났다. 그 선은 빛이었고, 동진은 기겁하며 신형을 멈추고 허리를 비틀어 피했다. 가느다란 선이 동진의 귓불을 스치고 지나갔다.

"큭!"

동진은 일 장이나 떨어진 곳으로 물러선 뒤 왼 볼을 만졌다. 귓불과 왼 볼에 붉은 도상이 일어나 피가 맺혀 있다. 조금만 늦었어도 얼굴이 잘렸을 것이다.

"대단해."

동진은 볼의 아픔보다 진파랑의 쾌도술에 놀라고 있었다. 긴장감이 커지며 심장이 쿵쾅거리기 시작했다. 지금까지 꽤 많은 싸움을 경험한 그였지만 진파랑 같은 고수를 적으로 만난 적은 없었다.

"천문성에서 자네를 처리하지 못한 이유를 이제는 좀 알 것 같군."

동진은 진파랑의 무공이 자신의 생각을 훨씬 웃돈다고 여겼다. 아무리 천문성이 대단해도 절대고수의 반열에 올라 있는 인물을 잡는 것은 쉬운 일이 아니었다.

진파랑은 천문성이란 말에 살짝 미간을 찌푸렸다. 언제 들어도 듣기 거북한 단체였기 때문이다. 동진이 다시 말했다.

"이곳은 오래전부터 독이 흐르는 곳이라 보통의 사람이라면 반 시진을 넘기지 못하고 쓰러지지. 무공을 익힌 자라 해도 한 시진을 넘기지 못하는 곳인데 네 녀석은 어떻게 아무렇지도 않지?"

"해약을 먹었소이다."

"해약을 먹어도 한 시진이다."

"한 시진이면 충분하지 않소?"

진파랑의 도발에 동진이 큰 변화 없는 표정으로 뒤로 물러서며 말했다.

"임정이 우리를 너무 우습게 봤어."

스슥!

동진이 물러서자 그를 포위하고 있던 독선문의 무사들도 물러서더니 마치 썰물 빠지듯 어둠 속으로 사라지고 있었다. 그들의 한꺼번에 모두 사라지자 진파랑의 표정이 굳었다. 그의 백옥도가 달빛을 받아 푸른색으로 반짝이기 시작했고, 여러 지붕들 위로 검은 그림자가 올라가 있는 것이 보였다.

진파랑은 동진의 모습을 찾았고, 그도 지붕 위에 있는 것이 보였다.

"무슨 수작을 부리려는 것일까?"

진파랑은 주변 상황이 이상하게 돌아가는 것 같아 흥미로운 표정을 보였다.

[감이 좋지 않아요.]

정정의 전음성이 들려왔다.

[형원은?]

[잘 마무리했어요.]

진파랑은 그녀의 대답에 할 일은 대충 끝났다고 생각했다. 좀 전에 동진을 잡을 수도 있었는데 참은 것은 정정의 안위 때문이었다. 그녀의 생사를 확인하는 게 더 우선이었기에 잠시 손을 멈춘 것이다.

이제 그녀의 안위를 확인했으니 움직이면 되었다. 동진이 저 멀리 물러선 것이 마음에 걸렸지만 기다릴 필요는 없었다.

슥!

진파랑이 천천히 앞으로 걸음을 옮기기 시작하자 지붕 위에 올라선 그림자들이 순식간에 사라지는 게 보였다. 동진만이 홀로 서 있고, 휘파람 소리가 울렸다.

삐이익!

날카로운 소리였고, 진파랑의 귀로 웅웅 하는 벌 떼 소리가 들렸다. 진파랑의 표정이 굳었다. 사방의 지붕 위에서 검은 무리가 일어나 날아들었기 때문이다.

검은 무리는 하늘을 뒤덮고 달조차도 가렸다. 그 모습에 진 파랑의 눈빛이 차갑게 반짝이기 시작했다.

"이거였나?"

진파랑은 자신을 향해 날아드는 검은 벌 떼의 모습에 혀를 찼다. 천지사방을 가득 메우고 날아드는 그 모습은 마치 안개 와도 같았고 상대방에게 두려움을 주기에 충분한 모습이었 다.

과거 우연히 지나가는 메뚜기 떼를 본 적이 있는데 마치 그 모습을 보는 것 같았다. 단지 그때와 지금이 다르다면 메뚜기 의 목적은 벼였고 지금 눈앞에 나타난 벌 떼의 목적은 자신이 었다.

스스슥!

벌 떼의 날갯짓 소리와 그 특유의 울림이 코앞까지 다가오 자 그의 손이 빠르게 움직이기 시작했다.

파파팟!

강렬한 섬광과 함께 도기가 사방으로 퍼져 나갔고, 그의 근 처로 다가오던 벌 떼가 바닥에 떨어지기 시작했다.

멀리서 진파랑의 모습을 지켜보는 동진의 입에 작은 피리 가 물려 있다. 새끼손가락 크기의 얇은 피리는 미미하게 울리 고 있었는데 그 소리가 매우 작아 사람의 귀에는 잘 안 들리 는 정도였다.

동진의 눈에 보이는 진파랑은 빛에 싸여 있는 사람처럼 보였다. 끊임없이 피어나는 백색의 도광이 빈틈없이 움직이고 있었다. 그게 얼마나 대단한 일인지 동진은 잘 알고 있었다.

주륵!

동진의 이마에서 땀방울이 흘러내렸다. 그만큼 많은 진기를 소모하고 있었기 때문에 지쳐 가고 있었다.

'천문성의 뒤를 칠 때 쓰려고 했더니⋯⋯.'

동진은 어떤 대의명분(大義名分)을 내세워야 독선문 사람들을 효과적으로 단합시킬 수 있는지, 그리고 그들이 자신을 따르게 할 수 있는지를 잘 알고 있었다.

천문성과 손을 잡았다는 오명을 벗기 위해선 그들과 손을 잡고 일을 마무리한 다음에 바로 뒤를 쳐야 했다. 뒤를 친 후 그 공로를 인정받으면 되는 일이었고, 그 일을 위해 숨겨놓고 있던 벌이다. 하지만 진파랑을 잡는 데 쓰는 것도 나쁘지 않다고 생각했다.

그의 목을 가져가면 천문성은 영원한 자신의 우방이 될 것이다. 어제의 적이 오늘의 친구가 될 수 있고 오늘의 친구가 내일의 적이 될 수도 있는 곳이지만 혈연관계와 관련된 원한은 오래가는 게 이곳이었다.

물론 계획에 변함은 없었다. 천문성과 손을 잡고 문주의 자리에 오른 뒤 그들의 뒤를 치는 것은 마찬가지였다. 단지 그 전까지 좋은 관계를 가지는 것이 중요했다.

여러 가지 생각으로 머릿속이 복잡하게 얽히고 있을 때 저 멀리 정문의 담장 위로 올라선 낯이 익은 인물이 그의 눈에 들어왔다. 갈포를 입은 중년인으로 그자의 손에는 비파가 들려 있었다. 동진의 표정이 굳었다.

띠딩!

날카로운 비파음이 주변에 울리자 벌 떼의 움직임이 마치 파도처럼 출렁이는 것 같았다.

진파랑은 어떻게 해야 할까 고민하는 찰나에 변화가 생기자 틈을 찾아 빠져나가려고 한 발 움직였다. 하지만 그 틈을 줄 동진이 아니었다. 다시 피리 소리가 아주 낮게 흘렀고, 벌 떼가 움직였다.

[소리예요!]

멀리서 정정의 전음이 들려오자 진파랑은 재빨리 강한 도풍으로 사방을 쓸어버린 뒤 하늘을 향해 고개를 들었다.

"하하하하!"

단전 깊숙한 곳에서 올라온 거대한 사자후에 천지가 진동하기 시작했다. 그 소리에 비파를 든 중년인의 손이 더욱 빠르게 움직였다.

동진은 깜짝 놀라 인상을 찌푸리며 뒤로 한 발 물러섰고, 그 찰나의 틈에 벌 떼가 허공으로 솟구쳐 올랐다. 비파 소리가 더욱 강하게 들렸고, 동진은 얼른 재빨리 피리를 불기 시작했다.

웅! 웅!

사방으로 흩어지던 벌 떼가 다시 모여들기 시작하자 비파 소리도 강하게 울렸다. 그 소리에 벌 떼가 둘로 나뉘어 우왕 좌왕하는 것 같았다.

쉬아악!

바람 소리와 함께 진파랑의 신형이 마치 대붕처럼 허공을 날아 동진을 향했다.

동진은 자신에게 날아드는 진파랑보다 자신의 일을 방해한 고정철이 더욱 얄밉다는 듯 그를 노려보았다. 그가 비파를 들고 자신의 벌 떼를 혼란에 빠뜨렸기 때문이다.

'이 새끼, 죽여 버리고 말겠다.'

동진은 고정철과 진파랑을 두 눈에 담으며 뒤로 반보 물러서려 했다. 하지만 발이 땅에 박힌 것처럼 움직이지 않았고, 마치 무언가 잡고 있는 듯한 느낌이 들었다. 고개를 숙이는 순간 동진의 눈동자가 커졌다. 두 개의 손이 지붕에서 솟아나와 양다리를 잡고 있었기 때문이다. 그 사이로 검은 복면과 두 개의 눈동자가 잡혔다.

"흡!"

너무 놀라 동진은 순간적으로 피리를 입에서 떨어뜨릴 뻔했다. 온몸에 소름이 돋고 마치 귀신을 본 것 같았다. 그 손과 눈이 마치 허깨비처럼 순식간에 어둠 속으로 사라졌다. 하지만 동진은 아주 잠깐 움직이지 못했다.

휘릭!

"이런!"

옷자락 휘날리는 소리가 들리자 동진은 자신이 너무 놀라 방심했다는 것을 깨달았다. 옷자락 소리가 귓가에 들렸다는 것은 그가 근처까지 왔다는 것을 의미한다.

동진은 비도를 날리기 위해 소매에 손을 넣으며 몸을 돌렸다. 그 순간 진파랑의 신형이 이미 그를 지나쳤고, 동진의 눈에 작은 선이 보이는 듯했다.

"내가… 이렇게 감이 없었던가?"

동진은 어이없다는 듯 중얼거리며 비틀거렸다. 그의 가슴에서 목까지 붉은 혈선이 그려지는 듯했고, 손에 쥔 피리가 지붕 위에 떨어졌다.

쿵!

그의 신형이 쓰러짐과 동시에 연무장을 가득 채우고 있던 벌 떼가 사방으로 흩어지기 시작했다.

진파랑은 동진의 시신을 슬쩍 바라본 뒤 짧은 숨을 내쉬었다.

"하하하하!"

정문이 열리고 많은 수의 독선문도가 들어왔다. 그들의 앞에는 고정철이 서 있었는데 그는 죽은 시신들을 둘러보며 대전으로 향했다.

[일의 마무리는 이들에게 맡기고 저희는 물러나지요.]

진파랑은 전음을 들으며 연무장으로 향했다. 그는 고정철과 눈이 마주쳤지만 가볍게 인사만 한 뒤 신각이 있는 곳으로 향했다.

숲으로 들어와 신각이 있던 자리로 오자 하늘은 달빛이 사라지고 새벽하늘이 되어가고 있었다.

신각은 나무 그늘 아래에 몸을 숨기고 있었다. 그는 진파랑과 정정이 나타나자 손짓으로 오라 하더니 조용히 저 멀리 산등선을 향해 손을 들었다.

진파랑과 정정이 신각의 손을 따라 시선을 돌리자 그곳에서 움직이는 무리를 발견할 수 있었다.

"천문성입니다."

신각의 말에 진파랑의 표정이 굳었다.

『진가도』 2부 4권에 계속…

초대형 24시 만화방

신간 100%, 샤워실, 흡연실, 수면실(침대석), 커플석, 세탁기 완비

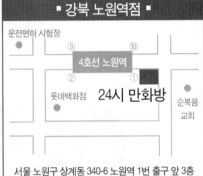

■ 강북 노원역점 ■

운전면허 시험장

4호선 노원역

롯데백화점   24시 만화방   순복음 교회

서울 노원구 상계동 340-6 노원역 1번 출구 앞 3층
02) 951-8324 (화용빌딩 3층)

■ 일산 정발산역점 ■

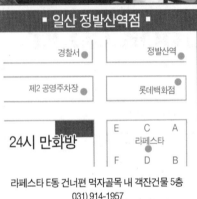

경찰서   정발산역

제2 공영주차장   롯데백화점

24시 만화방

E C A
라페스타
F D B

라페스타 E동 건너편 먹자골목 내 객잔건물 5층
031) 914-1957

■ 일산 화정역점 ■

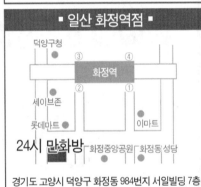

덕양구청

화정역

세이브존

롯데마트   이마트

24시 만화방 화정중앙공원 화정동 성당

경기도 고양시 덕양구 화정동 984번지 서일빌딩 7층
031) 979-4874 (서일사우나 건물 7층)

■ 부천 역곡역점 ■

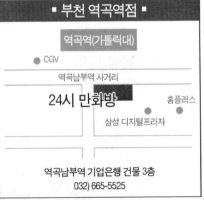

역곡역(가톨릭대)

CGV

역곡남부역 사거리

24시 만화방   홈플러스

삼성 디지털프라자

역곡남부역 기업은행 건물 3층
032) 665-5525

■ 부평역점 ■

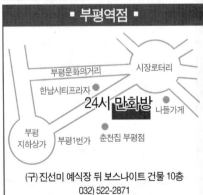

시장로터리

부평문화의거리

한남시티프라자   24시 만화방   나들가게

부평
지하상가 부평1번가 춘천집 부평점

(구) 진선미 예식장 뒤 보스나이트 건물 10층
032) 522-2871

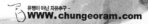

FUSION FANTASTIC STORY

임영기 장편 소설

바람의 마스터

Wind Master

중국집 배달원으로 평범한 삶을 살던 한태수.
음식 배달 중 마라톤 행렬에 휩쓸려
하프마라톤을 뛰게 되는데…….
늦깎이로 시작한 육상에서 발견한 놀라운 재능!

과거는 모두 서론에 불과할 뿐,
이제부터가 본론이다.
두 눈 똑똑히 뜨고 잘 봐라.
내가 어떻게 세계를 제패하는지…….

남은 것은 승리와 영광뿐!

Book Publishing CHUNGEORAM

유행이 아닌 자유추구 -
WWW.chungeoram.com

환생마법사
Magician return

빠져나갈 수 없는 환생의 굴레.
그는 내게 마지막 기회를 주었다.

"이 세계의 정점이 된다면…
네가 살던 곳으로 돌려보내 주겠다."

대륙 최고를 향한 끝없는 투쟁!
100번째 삶.

더 이상의 실수는 없다.

Book Publishing CHUNGEORAM

유행이 아닌 자유추구 -
WWW.chungeoram.com

만상조 新무협 판타지 소설

FANTASTIC ORIENTAL HEROES

광풍제월

천하제일이란 이름은 불변(不變)하지 않는다!

『광풍제월』

시천마(始天魔) 혁무원(赫撫源)에 의한 천마일통(天魔一統)!
그의 무시무시한 무공 앞에 구대문파는 멸문했고,
무림은 일통되었다.

"그는 너무나도 강했지.
그래서 우리는 패배했고, 이곳에 갇혔다."

천하제일이란 그림자에 가려져 있던 수많은 이인자들.

"만약……"
"이인자들의 무공을 한데로 모은다면 어떨까?"
"시천마, 그놈을 엿 먹일 수도 있을 거야."

이들의 뜻을 이어받은 소년, 소하.
그의 무림 진출기가 시작된다.

이경영 판타지 장편소설

FANTASY FRONTIER SPIRIT

그라니트

용들의 땅

GRANITE

사고로 위장된 사건에 의해 동료를 모두 잃고 서로를 만나게 된 '치프' 와 '데스디아'.
사건의 이면에 상식을 벗어난 음모가 있음을 알게 된 둘은
동료들의 죽음을 가슴에 새긴 채 각자의 고향으로 돌아간다.
2년 후, 뜻하지 않게 다시 만난 두 사람은 동료들의 복수를 위해
개척용역회사 '그라니트 용역' 을 설립해 다시금 그 땅을 찾게 되는데……

용들이 지배하는 땅 그라니트!
그곳에서 펼쳐지는 고대로부터 이어지는 운명적 만남,
깊어지는 오해, 그리고 채워지는 상처.

『가즈 나이트』시리즈 이경영 작가의 미래형 판타지 신작!

Book Publishing CHUNGEORAM

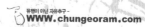

인기영 장편소설

리턴 레이드 헌터

Return Raid Hunter

하늘에 출현한 거대한 여인의 형상……
그것은 멸망의 전조였다.

『리턴 레이드 헌터』

창공을 메운 초거대 외계인들과
세상의 초인들이 격돌하는 그 순간.
인류의 패배와 함께 11년 전으로 회귀한 전율!

과연 그는, 세계의 멸망을 막을 수 있을 것인가.

세계 멸망을 향한 카운트다운 속에서 피어나는
그의 전율스러운 이야기!

Book Publishing CHUNGEORAM

유행이 아닌 자유추구 -
WWW.chungeoram.com